BIBLIOTHÈQUE

CHRÉTIENNE ET MORALE,

APPROUVÉE

PAR MONSEIGNEUR L'ÉVÊQUE DE LIMOGES.

VALÉRIE.

VALÉRIE

OU

LA PIÉTÉ FILIALE,

PAR

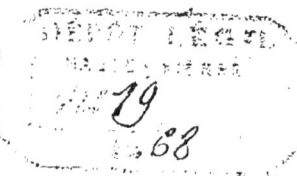

Mme DE RIVIERRE.

LIMOGES.

BARBOU FRÈRES IMPRIMEURS-LIBRAIRES.

I

L'ATTENTE.

Au coin de la rue du Harlay, une des plus isolées et des plus silencieuses du Marais, on apercevait, à l'époque où commence notre récit, une vieille maison qui semblait à peine se soutenir par l'appui que lui prêtait l'habitation voisine. Cette maison présentait un aspect étrange; on comprenait, en la voyant, que la misère seule avait pu y chercher un abri. Les murs, sillonnés de nombreuses crevasses, donnaient accès au froid et à l'humidité de l'arrière saison, tandis que les fenêtres

étroites, presque toutes grillées et ouvrant sur une cour
obscure, laissaient à peine pénétrer cette douce brise qui,
le soir, tempère parfois les brûlantes chaleurs de l'été.
Une petite porte, malpropre et noircie par l'action de
l'atmosphère, s'ouvrait sur une allée au fond de laquelle
se trouvait un escalier; mais l'allée était si sombre que
l'œil ne pouvait, du premier abord, y rien distinguer. Il
était impossible de passer devant cette maison solitaire
et délabrée sans éprouver une pénible impression. Que
de douleurs devaient s'y tenir renfermées ! La faim, la
maladie, la mort peut-être ne venaient-elles pas chaque
jour visiter les habitants de cette misérable masure ? Plus
d'une fois, sans doute, ces réflexions traversèrent la pensée
de l'homme riche, attiré dans ce désert par quelque spé-
culation nouvelle, ou de la femme mondaine, couverte de
bijoux et de dentelles, qu'un brillant équipage ramenait
de son élégante villa ; mais ces impressions passagères
s'effaçaient aussi vite que la course rapide des chevaux,
qui les entraînaient l'un et l'autre. Aucun d'eux ne s'in-
formait s'il y avait dans cette triste maison des infortunés
à secourir. Et pendant ce temps, qui sait ! une pauvre
mère pleurait peut-être sur le berceau de son fils mourant de froid ou faute d'un peu de nourriture.

En pénétrant dans l'allée sombre et étroite dont nous
parlions tout à l'heure, on découvrait l'escalier qui conduisait aux étages supérieurs de la maison. C'est dans un

misérable logement, situé au dernier de ces étagés, que nous allons introduire nos lecteurs.

On était au mois de novembre, au soir d'une journée froide et pluvieuse. Le vent, en s'engouffrant dans les nombreuses ouvertures qui lui donnaient passage, mugissait avec force et faisait vaciller la seule chandelle qui éclairait une chambre vaste, mais nue. Dans cette chambre étaient réunies trois personnes, M. et madame de Villepré et Valérie, leur fille. Deux lits, quelques chaises de paille et une table, autour de laquelle étaient assises les trois personnes dont nous venons de parler, composaient tout l'ameublement de la pièce. De rares fagots brûlaient dans la cheminée, triste feu qui ne suffisait ni à égayer ni à réchauffer ceux qui l'entouraient. Un seul objet de prix se faisait remarquer au milieu de tant de misère, c'était un grand Christ d'ivoire sculpté suspendu à la muraille. Souvent les regards des deux époux et de leur fille se dirigeaient simultanément vers cette image du Sauveur délaissé et mourant.

Un profond silence régnait depuis longtemps ; chacun semblait craindre, en le rompant, de faire partager aux autres ses préoccupations et ses inquiétudes. Dans ce moment dix heures sonnèrent à une horloge voisine, et une larme que madame de Villepré ne put retenir davantage tomba sur l'ouvrage auquel elle travaillait. Valérie s'en aperçut.

1..

— Maman, chère maman, s'écria-t-elle en se levant avec vivacité et entourant de ses bras la tête de sa mère, je vous en supplie, ne vous tourmentez pas ainsi. Edmond aura été retenu par un de ses amis, par une occupation quelconque, mais je ne puis croire qu'il lui soit arrivé malheur ! tant de croix déjà vous accablent, Dieu vous épargnera au moins celle-ci !

Madame de Villepré ne répondit rien; elle tâchait de maîtriser une émotion que les paroles de sa fille ne faisaient qu'accroître. Valérie, inquiète, regarda son père.

— Ma pauvre enfant, dit celui-ci en secouant la tête avec tristesse, ta mère et moi nous nous sommes rencontrés dans une même pensée. La conduite de ton frère nous inspire des inquiétudes d'autant plus vives qu'elle est entourée d'un mystère, auquel il ne nous a pas habitués et dont notre indulgence accoutumée devrait le dispenser. Jusqu'à présent, il est vrai, nous n'avons que des soupçons, mais le cœur d'un père, le cœur d'une mère peuvent-ils se tromper? Valérie, mon enfant chérie, fasse le ciel que nous n'ayons pas à déplorer un malheur plus grand que celui dont tu cherchais tout à l'heure à détourner notre pensée !

— Ne le croyez pas, s'écria la jeune fille avec feu, je connais Edmond: il a des défauts, sans doute, mais il est incapable de vous causer jamais un chagrin sérieux.

N'a-t-il pas été toujours un fils respectueux et tendre?
n'a-t-il pas supporté avec courage les cruels malheurs
qui sont venus nous frapper? n'a-t-il pas...

Hélas! interrompit M. de Villepré, c'est précisément
parce que je compare ce qu'il était avec ce qu'il est depuis deux mois, que je tremble. Il a perdu son humeur
enjouée et sa gaieté. Quand il est auprès de nous, il ne
profère pas une parole; dès qu'il peut le faire sans craindre d'exciter notre étonnement, il nous quitte, et s'absente
pendant des heures entières. Toutes ses soirées se passent dehors. Je sais bien que notre intérieur n'a rien de
très-séduisant pour un jeune homme de vingt-trois ans;
mais cependant, dernièrement encore, il suffisait à notre
Edmond. Non, non, ajouta M. de Villepré, et, en s'ani-
mant, sa voix devint sévère, il y a là quelque mystère;
mais je le découvrirai, et je n'aurai plus d'indulgence
pour le fils ingrat qui fait couler les larmes d'une mère
déjà si cruellement affligée.

Madame de Villepré, qui jusque-là avait gardé le silence, retrouva la force de parler pour essayer d'excuser
son fils.

— Mon ami, dit-elle en s'adressant à son mari, espé-
rons que vos craintes sont mal fondées. Edmond nous
aime trop pour déchirer nos cœurs, et il sait ce que nous
souffririons si nous perdions la seule consolation qui
nous reste : la bonne conduite de nos enfants. Pour moi,

je ne suis inquiète que de le voir rentrer si tard. Ce quartier est isolé, et je redoute quelque accident. Mais croire
qu'il nous oublie, qu'il ne craint pas d'ajouter encore à
nos douleurs, je... je...

Malgré les efforts de la pauvre mère, les sanglots lui
coupèrent la voix. Hélas! si elle n'avait eu l'esprit occupé
des plus cruelles inquiétudes, aurait-elle pu envisager
sans frémir les dangers qu'elle alléguait pour justifier
ses larmes? N'aurait-elle pas reculé devant l'idée d'inspirer les mêmes craintes à son mari? Mais elle redoutait
de si grands malheurs qu'auprès d'eux tout autre péril
lui paraissait peu de chose.

M. de Villepré, alarmé de l'état où il voyait sa femme,
chercha à son tour à dissimuler son anxiété. Néanmoins
il n'y réussit qu'imparfaitement, et Valérie elle-même,
lorsque sa mère fut un peu calmée, reprit son ouvrage,
le cœur serré de pressentiments.

Une heure encore s'écoula ainsi; onze heures sonnèrent. L'angoisse de chacun n'avait fait que s'accroître.
Cependant M. de Villepré dit à sa femme, en tâchant de
sourire :

— Décidément, chère amie, on aura entraîné notre Edmond dans quelque réunion de jeunes gens, et il vaut
mieux ne pas l'attendre. Pour moi, je me sens une envie
démesurée de dormir, et je vais me coucher. Je ne sais
comment cela se fait, mais je me trouve délivré de toutes

les inquiétudes qui m'oppressaient tout à l'heure. Je vous
engage à être aussi raisonnables que moi et à vous mettre
au lit; nous avons tous besoin de nos forces pour travailler.

Madame de Villepré et Valérie levèrent les yeux sur le
malheureux père. Le calme apparent de sa physionomie
trompa la jeune fille, qui ne savait rien encore des orages
qui se cachent parfois sous un front impassible, et, avec
l'heureuse facilité de son âge, elle se reprit à espérer. Sa
mère, plus clairvoyante, eut l'air néanmoins de croire
aux paroles de son mari; tous trois s'agenouillèrent, ainsi
qu'ils le faisaient chaque soir, pour réciter la prière en
commun. Oh! quelles ardentes supplications montèrent
alors vers le Trône du Tout-Puissant, avec quelle ferveur
ce père et cette mère désolés n'implorèrent-ils pas le Seigneur en faveur de leur enfant! Que n'était-il là ce fils
tant aimé! Témoin de cette scène attendrissante, de tant
de douleur et de tant d'amour, ce moment aurait peut-
être décidé de sa vie entière.

Madame de Villepré, après que son mari se fut retiré,
engagea vainement Valérie à suivre l'exemple de son père,
et à prendre un peu de repos. La mère et la fille cou-
chaient dans la même chambre, et madame de Villepré
promettait d'éveiller Valérie et de l'avertir du retour de
son frère. Mais la jeune fille résista à toutes les instan-

cès de sa mère, et rien ne put la décider à se mettre au
lit.

— Il vaut d'autant mieux que je ne me couche pas encore, ajouta-t-elle, que j'ai promis de rendre demain matin ce coussin, et vous voyez, chère maman, que le fond
n'est pas encore terminé.

Madame de Villepré embrassa sa fille avec émotion:
puis les deux femmes reprirent leur ouvrage, au milieu
d'un silence interrompu seulement de loin en loin par les
aboiements de quelque chien, gardien vigilant et fidèle,
ou par les soupirs plaintifs du vent.

Oh! les cruelles angoisses que celles de l'attende, surtout pendant les mornes heures de la nuit! Alors le silence qui nous entoure ajoute encore à notre épouvante.
La moindre agitation de l'air semble être le bruit des pas
que nous donnerions notre vie pour entendre. Nous vou-
lons écouter pour nous assurer si nous ne nous trompons
pas, si ce n'est pas une illusion, mais notre cœur bat si
fort qu'il domine les sons que nous avions entendus, et
quand il se tait un peu, quand il se calme, tout est rentré
dans le repos. Oh! qui saura ce qu'on épuise de forces
dans cette lutte intérieure, qui comptera les siècles que
l'on croit vivre? — et cependant! regardez l'aiguille du
cadran qui marque nos jours, rien ne la dérange dans sa
marche régulière et monotone; elle ne s'émeut ni de nos
joies ni de nos douleurs; aux unes et aux autres, elle me-

sure le temps avec la même impartialité, et lorsque nous croyons avoir traversé de longues heures, c'est à peine si elle a fait un pas en avant. Et il nous faut rester là, dans l'inutilité, dans l'inaction, tandis qu'un être aimé, un être que nous ne reverrons plus peut-être, nous appelle et nous réclame. Encore une fois qui dira les effroyables angoisses de pareils moments !

Valérie et sa mère les éprouvaient dans toute leur étendue. Elles veillèrent jusqu'à une heure du matin, dans des inquiétudes toujours croissantes à mesure que les heures s'écoulaient sans leur ramener Edmond. Alors elles se jetèrent à genoux et renouvelèrent leur prière ; le Seigneur l'exauça ; au moment où elles se relevaient, elles entendirent monter l'escalier avec précaution ; une minute encore, et un bruit de pas bien connus résonna au-dessus de leur tête. Edmond couchait dans une mansarde située à l'étage supérieur, il était revenu ! la pauvre mère rendit grâces au Seigneur dans une courte et fervente prière. Elle hésita pendant quelques instants à monter chez son fils et à l'interroger, mais elle était si émue, si épuisée par sa longue attente qu'elle se décida à remettre au lendemain l'exécution de son projet. Elle embrassa donc tendrement Valérie, qui consentit enfin à se coucher, et se décida elle-même à chercher le repos. Mais tandis que la jeune fille s'endormait de l'heureux sommeil de son âge, madame de Villepré, dont les inquiétudes maternelles n'étaient qu'à demi calmées, entra doucement dans la chambre de son mari, et lui annonça le retour d'Edmond. M. de Villepré veillait encore, et lui aussi ne fut pas entièrement rassuré. Rentrée chez elle, madame de Villepré prêta une oreille attentive, écoutant ce qui se passait au-dessus d'elle ; elle entendit long-temps son fils marcher avec agitation dans sa chambre. Enfin tout rentra dans le silence, et madame de Villepré, vaincue par la fatigue, finit elle-même par s'endormir.

II

COUP-D'ŒIL RÉTROSPECTIF.

M. de Villepré n'avait pas été toujours dans la triste position que nous lui voyons occuper en ce moment. Issu d'une honorable famille, il avait longtemps exercé des fonctions diplomatiques, y avait même rendu de grands services, était parvenu, par ses seuls mérites et sans aucune protection, à un grade élevé. C'était un homme d'un caractère très-honorable; une religion sérieuse et solide, une loyauté poussée j'usqu'à ses dernières limites, lui avaient permis de traverser sa carrière sans jamais avoir recours à aucun de ces actes illicites, de ces duplicités que la politique excuse, mais qui répugnent à un esprit austère et éclairé. Jamais chez lui la fin ne put excuser les moyens, jamais la légitimité du but ne put le décider à employer une voie coupable pour y parvenir. Cette sévérité de principes n'excluait chez lui ni l'habileté ni le talent, et son extrême droiture avait plus d'une fois déjoué les stratagêmes et les ruses de ses adversaires.

Possesseur d'une fortune indépendante, M. de Villepré n'avait embrassé une carrière que parce qu'il trouvait que tout homme se doit au service de son pays. Il ne se croyait d'ailleurs aucun goût ni pour les affaires politiques, ni pour la représentation, suite nécessaire de sa position. Aussi vit-il arriver avec plaisir le moment de prendre une retraite honorable, et de se reposer de ses longs travaux au sein d'une famille aimable et tendrement chérie. Il projetait de vivre tranquille, de se créer des occupations à son choix, de se livrer à des lectures variées et utiles, et ne redoutait pas l'ennui. Et cependant l'ennui ne tarda pas à se faire sentir. M. de Villepré, qui était entré dans la carrière diplomatique sans goût et sans attrait, y avait pris insensiblement sinon l'amour, du moins l'habitude des affaires et des intérêts publics; les occupations privées et particulières ne suffirent pas à occuper son esprit, et le temps de sa retraite, après lequel il avait si souvent et si longtemps soupiré, ne tarda pas à lui devenir à charge. Alors il essaya de rentrer au service, mais la nature de ses fonctions l'ayant toujours obligé de résider à l'étranger, il n'avait à Paris ni protecteurs ni amis. Les temps étaient changés depuis sa jeunesse, où l'on faisait son chemin par son propre mérite, et M. de Villepré dut renoncer à l'espoir de se voir confier même un poste humble et modeste. Triste, abattu, découragé, il passait ses journées à ne rien faire, n'ayant pas le courage de se créer une occupation, et ne prenant goût à rien de ce qui l'entourait.

Pour se désennuyer et se distraire, M. de Villepré sortait beaucoup. C'était un mauvais moyen, car la cellule que l'on quitte fréquemment devient bientôt ennuyeuse, tandis que l'on s'attache à celle où l'on se livre à un travail sérieux et utile. Dans ses promenades aux champs Élysées, il rencontra un homme qu'il avait connu à l'étranger, où il lui avait été présenté comme un riche banquier retiré des affaires. Cet homme, M. Darvet, cachait, sous une apparence de bonhomie et de franchise, une astuce et une fausseté profondes. Il ne tarda pas à s'insinuer dans la confiance de M. de Villepré, que son extrême loyauté empêchait de croire facilement à la duplicité d'autrui. M. de Villepré lui raconta ses ennuis, ses dégoûts, et M. Darvet, qui cherchait depuis longtemps à

exploiter la crédulité de celui auquel il donnait le nom
d'ami, lui proposa, pour se distraire, de se lancer dans
les spéculations. Répugnant à la pensée de compromettre
l'avenir de ses enfants, M. de Villepré hésita longtemps,
mais M. Darvet se rit si bien de ses scrupules, il revint
si souvent à la charge, il lui démontra si clairement que
les opérations qu'il lui conseillait ne lui faisaient courir
aucune chance mauvaise, que M. de Villepré finit par
céder. Darvet, habile autant que fourbe, comprit que
pour gagner quelque ascendant sur sa victime, il fallait
lui offrir un appât séduisant, et les premiers capitaux
que M. de Villepré engagea d'après ses conseils furent
doublés en peu de temps. Ces succès produisirent l'effet
qu'en attendait Darvet; ils inspirèrent à M. de Villepré
le goût des spéculations, et ce goût se développa et
s'accrût rapidement. Les prières et les sages conseils de
sa femme furent sans pouvoir sur son entraînement ; il
ne se fit même pas un cas de conscience de son imprudence, se persuadant qu'il n'agissait que pour les intérêts
de ses enfants, et s'applaudissant chaque jour d'avoir
enfin trouvé une occupation qui suffisait à l'activité de
son esprit. Madame de Villepré, reconnaissant avec douleur le peu de succès de ses avertissements, garda le
silence, et renferma au fond de son cœur les inquiétudes
dont, malgré la confiance de son mari, son amour maternel ne pouvait se défendre.

Au bout de quelque temps cependant, la bonne fortune de M. de Villepré sembla éprouver un échec ; mais,
loin de s'en effrayer ou d'y voir une leçon de la Providence, le malheureux, cédant aux perfides suggestions
de Darvet, engagea des sommes plus considérables encore
dans la même entreprise. Celui-ci lui répétait sans cesse
que pour gager beaucoup, il fallait savoir perdre quelquefois ; il lui répondait du succès de ses spéculations ;
avec lui il n'avait rien à redouter. M. de Villepré n'entendait rien aux affaires d'argent, il fut complètement
dupe de l'intrigant Darvet, et finit par engager la totalité
de ses capitaux. C'était là où son ami voulait en arriver,
et, ce but atteint, il ne se crut plus obligé à garder aucun ménagement. Des pertes considérables se firent bientôt sentir, elles furent suivies d'autres plus considérables
encore. Effrayé, ouvrant enfin les yeux, mais trop tard,
M. de Villepré ne négligea rien pour essayer de retirer
ses fonds ; mais les conventions avaient été faites de telle
façon que l'infortuné se trouvait engagé au delà même
de ce qu'il possédait. Il courut chez Darvet pour se con-
certer avec lui sur les moyens de retenir quelque chose
de ce gouffre effroyable, mais Darvet était passé en Bel-
gique, et un doute horrible, le premier que ce misérable
eût inspiré à M. de Villepré, se présenta enfin à l'esprit
de ce dernier. Il lui fut impossible de recouvrer la moindre partie des ses capitaux, bien plus, comme nous le

disions tout à l'heure, des créanciers se présentèrent. La
douleur du malhéureux père ne saurait se décrire : il se
faisait des reproches déchirants, il déplorait, dans l'a-
mertume de son cœur, sa faiblesse, son aveuglement, son
imprudence. Toutes ses démarches, tous ses efforts furent inutiles, lui fallut assister à la consommation de sa
ruine. il Deux ans après son retour de l'étranger, nous
trouvons la famille de Villepré dans le misérable logement où nous avons introduit nos lecteurs.

Ce coup terrible plongea M. de Villepré dans une douleur voisine du désespoir; une seule chose le soutint au
milieu de cette extrême affliction : sa piété, qui se ré-
veilla plus forte et plus énergique que jamais. M. de
Villepré se repentait profondément de son imprudence;
non pas d'un de ces repentirs maussades, qui aigrissent
le caractère de celui qui l'éprouve et dans lesquels l'a-
mour-porpre a plus de part que l'amour de Dieu, mais
d'un repentir véritable et sincère, qui le portait à tâcher
de réparer le mal qu'il avait fait. Il fallait un grand courage à ce malheureux père pour supporter la pensée
que c'était lui qui, par sa faute, avait détruit l'avenir de
ses enfants : car il est infiniment plus difficile de se soumettre aux malheurs que nous nous attirons par notre
propre volonté, qu'à ceux dont la main de Dien nous
frappe sans notre coopération. Et ceux-là sont presque
toujours les plus nombreux. Souvent nous faisons à

Dieu de grandes protestations de résignation, nous nous
écrions que nous acceptons les fléaux dont sa main divine nous accable, et, au fond de notre cœur, nous admirons ces beaux sentiments avec un secret orgueil. Et
combien de fois le Seigneur ne serait-il pas en droit de
nous dire : Ce n'est pas moi qu'il faut accuser de tes
malheurs ! Ma main protectrice et paternelle aurait voulu
te les épargner, mais tu ne l'as pas voulu! C'est en toi-
même, c'est dans cette parole irréfléchie, c'est dans
ce manque de prévoyance qu'il faut rechercher la
cause du mal que tu ressens en ce jour! — Mais
Dieu, père si bon et si miséricordieux ne nous tient
pas ce langage sévère, qui serait cependant souvent
si juste; il couvre nos faiblesses du manteau de son
amour et essuie avec bonté toutes nos larmes jusqu'à
celles que nous avons nous-mêmes amassées dans nos
yeux.

— Madame de Villepré redoutait depuis longtemps le
malheur qui venait enfin d'éclater; elle le supporta en
femme qui était chrétienne avant même que d'être mère.
Elle oublia ses douleurs et ses anxiétés pour s'occuper
uniquement du soin d'apporter quelque adoucissement
aux souffrances de son mari; elle comprenait tout ce que
le remords devait y ajouter d'amertume. Jamais elle ne
proféra un reproche ou une plainte, jamais elle ne se
permit même une allusion à ses conseils méconnus: ja-

mais cette parole de triomphe : « Je vous l'avais bien
dit ! » ne sortit de sa bouche. Pauvre femme ! que n'eût
elle pas donné d'ailleurs pour s'être trompée !

La reconnaissance qu'inspira à M. de Villepré la douceur, la tendresse, la délicatesse de sa courageuse compagne fut un motif puissant pour l'encourager à supporter sa douleur, tandis que d'amères récriminations
auraient inévitablement produit chez lui l'abattement et
le désespoir ; et sans cesse il bénissait le Seigneur qui
lui accordait dans ses peines une aussi douce consolation.

Mais il suffisait de ne pas se livrer à des regrets et à
des remords stériles ; il fallait prendre un parti. On
quitta l'élégant appartement que la famille de Villepré
habitait rue de la Paix ; le mobilier et tous les objets de
luxe furent vendus, et après bien des incertitudes, M. de
Villepré loua le réduit dont nous avons parlé. Il avait
d'abord eu le projet de se retirer en province ou à la
campagne, mais, obligé de travailler pour vivre, il se
flattait de se procurer plus facilement une occupation à
Paris qu'ailleurs. D'ailleurs il espérait, en ne s'éloignant
point et en se tenant toujours à l'affût, entendre tôt ou
tard parler de Darvet et le forcer peut être à quelque restitution. Pendant trois jours, tout le monde parla du
malheur de l'intéressante famille de Villepré ; on s'at-
tendrit sur son sort, on se récria contre la fausseté, la
friponnerie de Darvet ; puis on ne chercha même pas à

connaître le lieu de retraite choisi par ces infortunés, et comme d'ailleurs à Paris l'on vit dans un tourbillon où chacun est beaucoup trop occupé de soi-même, de ses intérêts et de ses propres affaires pour se préoccuper des autres, bientôt on ne songea plus à M. de Villepré, et les individus qui venaient dîner chez lui ou y passer la soirée à l'époque où il avait une maison agréable et un bon cuisinier, perdirent insensiblement le souvenir de l'homme auquel ils donnaient alors le titre d'ami et que le malheur frappait maintenant aussi rigoureusement. L'expérience de M. et de Madame de Villepré leur avait fait prévoir ce résultat de leur infortune ; c'est pour cela qu'ils n'avaient fait connaître à personne le lieu de leur retraite. Valérie seule, que le contact du monde n'avait pu encore dépouiller d'une grande tendresse de cœur, s'étonnait et s'affligeait parfois de ce que, dans les premiers jours qui suivirent le désastre des affaires de son père, aucune de ses jeunes amies ne fût venue lui en témoigner sa sympathie.

— Mon enfant, lui disait alors sa mère, Dieu est le seul ami véritable, le seul qui ne trompe pas. Si nous nous appuyons sur les hommes, si nous comptons sur eux, nous marcherons de déception en déception ; tu en vois la preuve aujourd'hui. Mais si nous nous élevons au-dessus des consolations humaines, si nous cherchons dans le cœur de Dieu un adoucissement, un soulagement à nos peines, nous ne tarderons pas à reconnaître que l'on ne se tourne jamais vers lui en vain. Toujours sa main paternelle essuie les larmes versées en sa présence, toujours elle répand un baume salutaire sur le cœur ulcéré qui souffre et qui gémit, non pas, ma pauvre enfant, que je veuille dire qu'il n'existe pas sur la terre d'être capable d'aimer, de se dévouer, en un mot, d'éprouver tous les sentiments de la véritable amitié, mais le nombre en est bien restreint, et il n'est pas donné à chacun d'avoir même un seul ami dans l'acceptation véritable du mot. Et en disant cela je ne prétends pas accuser les hommes, je n'accuse que l'insuffisance de la nature humaine, qui est, par elle-même, ennemie de la douleur, et se lasse bientôt par conséquent de ceux qui pleurent. Ne comptons donc pas sur les hommes, ma chère Valérie, je te le répète, tournons-nous vers le Seigneur, et il sera lui-même notre consolateur.

Et Valérie, docile et courageuse, priait avec ferveur, demandait à Dieu pour elle et ses parents la force de supporter chrétiennement la terrible épreuve qui les frappait. Elle s'appliqua à vaincre le sentiment d'irritation que lui causait l'indifférence de ses jeunes amies, et chercha à se persuader que pour agir comme elles le faisaient, elles devaient avoir des motifs qui, s'ils n'étaient pas admissibles, paraissaient du moins tels à leurs yeux.

C'est ainsi que procède la vraie charité, bien différente
de cette susceptibilité, de cette délicatesse exagérée qui
cherche partout des torts jusque dans les intentions.

Une fois installée rue de Harlay, la famille de Villepré
dut songer à se procurer des moyens d'existence. Nous
avons dit tout à l'heure que M. de Villepré n'avait pas
de protecteurs, pas de relations influantes; toutes ces
tentatives pour obtenir un emploi quelconque demeurè-
rent sans résultat. Il ne parvint à obtenir que la com-
mande de quelques copies et encore profitait-on de sa
misère pour les lui payer le moins possible. Sa pension
de retraite étant presqu'en totalité abandonnée à ses
créanciers pendant dix ans, elle lui fut de peu de ressource.

Après mille démarches, mille rebuts, madame de Villepré réussit à se procurer quelques élèves auxquelles elle
donnait des leçons de piano, avec un soin et une conscience irréprochables, quoique ses peines fussent très-
mal rétribuées. Valérie était comme sa mère, excellente
musicienne; elle eut bien voulu, comme elle, mettre
son talent à contribution, mais elle avait dix-sept ans à
peine, il lui eût fallu sortir seule, à toute heure, fré-
quenter des personnes inconnues; la prudente tendresse
de ses parents ne leur permit pas d'adopter ce parti. Les
prières, les larmes mêmes de la jeune fille furent inutiles.

2.

— Plus tard, ma Valérie, lui disait sa mère en l'embrassant avec effusion, plus tard, si nous avons besoin de toi, nous t'accorderons ce que tu nous demandes. Jusque là tu ne nous seras pas inutile. Tu entretiendras le linge de la maison, tu surveilleras notre petit ménage ; quand je serai sortie, tu seras la fidèle compagne de ton père, ta présence et tes caresses lui seront plus précieuses que les quelques pièces d'argent que nous achèerions par trop d'inquiétudes.

Et par les soins de l'ingénieuse enfant la triste et sale mansarde ne tarda pas à prendre un aspect de propreté et même de gaîté. Les fenêtres, quoique rares et étroites, laissaient apercevoir le jardin d'une habitation voisine, qui, dans les soirées du printemps, envoyait à la pauvre famille, privée de fleurs et de verdure, les tièdes parfums du lilas et de l'aubépine. Le pinson et le rossignol nichés dans les grands arbres, semblaient faire entendre pour eux seuls leur brillant et mélodieux ramage, et bien des fois M. et madame de Villepré remercièrent le Seigneur, qui, au milieu de leur infortune, leur avait encore réservé cette douce récréation. Valérie émiettait du pain sur le bord de son humble fenêtre, et les petits oiseaux, d'abord timides et craintifs, puis bientôt apprivoisés, venaient prendre leur nourriture sous les yeux mêmes de mademoiselle de Villepré. L'un d'eux se familiarisa si bien qu'il venait quand la croisée était fermée, en becqueter la vitre ; dès qu'on lui ouvrait, il entrait et restait de longues heures, charmant par ses roulades et ses cadences perlées, la jeune fille penchée sur son ouvrage. C'étaient là les plus doux plaisirs de Valérie.

Mademoiselle de Villepré, malgré les observations de ses parents, ne voulut point consentir à se borner aux occupations du ménage. Elle se procura, non sans peine, quelques petits ouvrages de tapisserie, qu'elle faisait tout en causant avec son père et lui tenant compagnie, et dont le prix ajoutait toujours une légère somme aux modiques revenus de la famille.

Edmond de Villepré, parvenu à l'âge de vingt-trois ans au moment où commence notre récit, s'était d'abord soumis avec courage aux malheurs qui l'avaient frappé, et quoiqu'à l'époque de la ruine de son père, il n'eût pu encore se décider à embrasser aucune carrière, il n'hésita pas, en présence de circonstances aussi douloureuses, à accepter la place de caissier, qui lui fut procurée chez un banquier. Madame de Villepré avait mis un si grand soin à cacher à ses enfants l'imprévoyance et les torts de leur père que ceux-ci ne connaissaient rien des causes de leur malheur ; ils en voyaient le résultat sans en pénétrer les motifs. Dans les premiers temps, le jeune homme lutta avec énergie contre la mauvaise fortune,

il s'efforça, par un travail assidu , par une exactitude
scrupuleuse, de mériter les éloges et la confiance de son
chef; malheureusement il se relâcha peu à peu de cette
ligne de conduite. Né avec des passions ardentes , un
caractère bouillant, un esprit vif et impétueux, jamais
Edmond n'avait réfléchi sur lui-même, jamais il ne s'é-
tait appliqué à acquérir l'heureuse habitude de se rendre compte de ses paroles, afin de réformer ce qui s'y
rencontrait de vicieux ou de développer le bien qui pouvait s'y trouver. Et d'où provenait un si grand malheur?
Disons-le tout de suite : Edmond avait été élevé dans
une entière indifférence religieuse. Ce n'était que depuis
cinq ans que M. de Villepré avait ouvert les yeux à la lumière de la foi, mais alors il était trop tard pour espérer
qu'Edmond suivrait naturellement l'exemple de son père. L'enfance et la première jeunesse d'Edmond avait
été confiée à des hommes entre les mains de qui le pauvre enfant ne tarda pas à oublier les pieuses et saintes
leçons de sa mère. Sa ferveur parut se ranimer un moment à l'époque de sa première communion, mais la funeste influence qui l'entourait ne tarda pas à reprendre
son empire; et à mesure que les années s'écoulaient,
ces saintes impressions s'affaiblissaient de plus en plus
dans son esprit. Lorsque M. de Villepré, touché par la
grâce, revint à l'amour et à la pratique de la religion,
quelle ne fut pas sa douleur en se disant que lui seul

peut-être était cause de la profonde indifférence religieuse dans laquelle vivait son fils. Prières, raisonnements, conseils, il essaya tous les moyens possibles,
mais rien ne put vaincre l'apathie du jeune homme ; tout
échoua devant une obstination tranquille et résolue.
Qu'est-ce qui aurait pu le toucher, puisqu'il restait insensible aux larmes de sa mère, qui ne cessait de demander à Dieu sa conversion? Edmond le savait, il ne
pouvait se dissimuler ce qu'elle souffrait : mais il fermait
les yeux et s'efforçait de se distraire lorsque ce remords
lui venait au cœur. Il possédait d'ailleurs de belles et
nobles qualités, une âme forte et élevée, un esprit distingué, un cœur aimant et généreux, et n'avait jamais
été pour son père qu'un sujet de satisfaction; mais toutes
ces qualités manquaient d'une base solide, qui ne peut
se rencontrer que dans la religion comprise et pratiquée;
et la sollicitude paternelle tremblait qu'un coup de vent
inattendu ne vînt renverser cet édifice bâti sur le sable.
Aussi M. et madame de Villepré se livraient-ils aux ap-
préhensions que leur inspirait depuis quelque temps la
conduite d'Edmond. Son humeur, devenue triste et sombre, formait un contraste frappant avec l'égalité jusque-
là constante de son caractère. Préoccupé, distrait, il parlait à peine, ne paraissait guères que pour prendre ses
repas, et sortait immédiatement après. Madame de Villepré redoublait ses supplications et ses larmes.

— Mon Dieu, disait-elle dans le recueillement d'une
fervente prière, éloignez de moi tous les malheurs qEe je
redoute. Vous savez que j'ai tâché de supporter avec résignation les épreuves que vous m'avez envoyées, mais
vous-même ne sauriez exiger que je me soumette à voir
mon fils vous oublier entièrement et se perdre, car pareil
malheur ne peut arriver que contre votre adorable volonté. Ayez pitié, Seigneur, de l'enfant que j'ai mis au
monde, châtiez-le, frappez-le dans le temps, mais épar-
gnez le dans l'éternité.

Oh ! si les jeunes gens savaient combien de mères
chrétiennes et désolées viennent ainsi chaque jour répandre leur douleur aux pieds du Sauveur mort pour
leurs enfants, et que leurs enfants méconnaissent et ou-
tragent ! S'ils connaissaient l'amertume du calice que
boivent ces femmes, fortes contre tout, excepté contre la
perspective d'être un jour séparées du plus cher objet de
leur tendresse ! S'ils pouvaient compter toutes les larmes
qu'ils font verser à ces yeux qui, lorsqu'ils dormaient
dans leur berceau du sommeil de l'innocence, les veil-
laient avec tant de tendresse et d'amour, peut-être que
leur âme s'amollirait, et qu'en rendant la joie au cœur
de leur mère, le leur trouverait la plénitude de la paix
et du bonheur. Mais ne désespérez pas, mères chrétiennes, souvenez-vous de toutes les promesses que le Sei-

gneur a faites à la prière persévérante. Frappez, frappez toujours; le moment viendra où Dieu, touché de votre foi et de votre courage, fera, s'il le faut, un miracle, et votre enfant sera sauvé.

III

CATASTROPHE.

Le lendemain du jour où nous avons introduit nos lecteurs dans l'intérieur de la famille de Villepré, madame de Villepré se leva de bonne heure. Son sommeil avait été fiévreux et agité, et sa première sensation en s'éveillant, avant même d'arriver à un souvenir net et distinct de ce qui s'était passé fut une sensation pénible et douloureuse. Il semble que la douleur conserve sur nous son empire même pendant le repos de la nuit, et tous ceux qui se sont endormis, vaincus par l'affliction

et les larmes, ont connu cette vague et poignante angoisse
qui les a saisis au cœur avant même leur réveil. On
s'écrie en sursaut : que m'est-il donc arrivé? et en ouvrant
les yeux on trouve la souffrance assise à notre chevet et
guettant notre première pensée afin de s'en emparer.

Madame de Villepré se leva donc à la hâte, en prenant
toutes les précautions possibles pour ne pas éveiller sa
fille ; puis dans une fervente prière elle demanda au Seigneur de lui inspirer des paroles qui pussent engager son
fils à lui confier la cause du changement qui s'était opéré
en lui. Elle se releva fortifiée, et attendit en silence qu'un
mouvement dans la chambre d'Edmond vînt annoncer
son réveil. Le moment ne se fit pas attendre, et madame
de Villepré, s'armant de courage, car son cœur battait
à se rompre, monta doucement l'escalier qui conduisait
à la mansarde. Elle prit si bien ses mesures qu'Edmond
n'entendit pas le bruit de ses pas, et qu'au moment où
il s'en doutait le moins, il se trouva en présence de sa
mère.

Le coup-d'œil rapide que madame de Villepré jeta sur
son fils fut suffisant pour lui révéler l'agitation de son
âme. Une pâleur livide couvrait le front du jeune homme,
ses lèvres décolorées, ses yeux ternes indiquaient qu'il
avait passé la nuit sans sommeil ; au moment où il aperçut sa mère, il glissa, par un mouvement brusque et
rapide, mais qui n'échappa point au regard attentif de

madame de Villepré, une lettre dans la poche de sa re-
dingote. En le voyant si défait et si abattu, la] pauvre
femme se sentit prête à pleurer, elle se contint néanmoins, s'assit, et attirant près d'elle son fils, elle l'embrassa avec tendresse.

Que de remords ce baiser maternel ne fit-il pas naître
au cœur du fils coupable ! Madame de Villepré le comprit
peut-être, et voulant profiter de l'instant qu'elle croyait
favorable :

— Mon enfant, dit-elle en s'adressant à Edmond, que
de chagrins tu nous causes ! et que de chagrins peut-être
tu te prépares à toi-même ! Crois-tu que nous ne nous
soyions pas aperçus de tout ce qui se passe en toi ? Peut-
on tromper la tendrese d'un père vigilant, d'une mère
dévouée ? Mon fils, mon enfant ben-aimé, au nom de
l'amour que je t'ai porté depuis ton enfance, réponds-
moi, parle-moi, confie-moi tes peines. Je te promets
qu'à nous deux nous y trouverons un remède. Quoi que
tu puisses avoir à me dire, rien ne pourra jamais me faire
souffrir autant que je souffre de l'idée qu'un malheur te
menace. Parle-moi, mon enfant, je t'en supplie, ne me
refuse pas cette unique consolation.

Et la pauvre mère, tenant les mains de son fils entre
les siennes, les yeux attachés sur ses yeux, semblait
attendre, dans sa réponse, un arrêt de vie ou de mort.

Edmond garda un moment le silence, la lutte qui se

livrait dans son intérieur le trahissait dans toute sa physionomie. Un moment il sembla près de se laisser atten-
drir aux paroles de madame de Villepré, mais un mauvais esprit l'emporta, et il répondit d'un ton de gaîté
affectée qui contrastait d'une manière effrayante avec le
bouleversement de ses traits.

— En vérité, ma bonne mère, vous vous tourmentez
sans motif. Un de mes amis m'a mené au spectacle hier,
nous y avons parié un souper que j'ai gagné, et qu'il m'a
payé en sortant, voilà pourquoi je suis resté si tard. Je
sais bien que ce n'était pas très-raisonnable de ma part;
mais cela ne m'arrivera plus, soyez tranquille, et ne
vous inquiétez plus. Et maintenant pardonnez-moi si je
vous quitte, mais j'ai un rendez-vous indispensable avec
mon chef, et il faut absolument que je sorte.

Madame de Villepré se sentit si cruellement affectée du
ton léger de son fils, elle comprit si bien qu'il lui cachait
la vérité, qu'elle crut que les forces allaient lui manquer. Elle se laissa tomber sur une chaise en quittant les
mains d'Edmond que jusque-là elle avait tenues dans les
siennes. Le jeune homme parut hésiter un instant, puis,
déposant un baiser sur le front brûlant de sa mère, il se
précipita hors de l'appartement.

— Edmond, mon Edmond, aie pitié de moi! s'écria
la malheureuse femme; mais le son de ses paroles n'at-

teignit, sans doute, déjà plus les oreilles de son fils, car cet appel déchirant demeura sans réponse.

Un moment madame de Villepré demeura anéantie. Puis reprenant son courage dans la pensée de Dieu, et se mettant sous la protection de la plus éprouvée des mère, elle redescendit pour essayer d'inspirer à son mari et à sa fille une tranquillité qu'elle était bien loin d'avoir au fond du cœur.

M. de Villepré n'ajouta aucune foi à la version d'Edmond, il ne crut pas davantage au prétendu rendez-vous donné par son chef, et la journée se passa dans de mortelles angoisses.

Vers sept heures du soir, on frappe à la porte, Valérie s'y précipite croyant voir entrer son frère, mais se retira aussitôt en se trouvant en présence d'un étranger. M. de Villepré s'avança non sans une vive émotion ; son cœur lui prédisait quelque malheur.

— Suis-je ici chez M. de Villepré? Monsieur, demanda l'inconnu.

— C'est moi-même, Monsieur, répartit M. de Villepré, veuillez prendre la peine de vous asseoir.

L'étranger jeta autour de lui un coup-d'œil triste et surpris. Il semblait frémir à la pensée d'ajouter encore à toutes les douleurs que ce pauvre réduit devait cacher.

— Ce que j'ai à vous dire, Monsieur, continua-t-il en

s'adressant à M. de Villepré ne doit être entendu que de nous.

Valérie et sa mère se levèrent pour passer dans la pièce voisine; seulement, en passant, madame de Villepré leva sur le visiteur un regard suppliant et désespéré. La pauvre mère avait compris que cet homme tenait entre ses mains la destinée de son fils.

— Monsieur, dit l'inconnu aussitôt qu'il se trouva seul avec M. de Villepré, je m'appelle Linval, c'est chez moi, vous le voyez, qu'était employé Edmond de Villepré, votre fils. C'est de lui que je viens vous entretenir, et je vous demande d'avance pardon de la peine que je vais vous causer. Ce que j'ai à vous dire est fort pénible : votre fils m'a volé.

— Monsieur, s'écria le malheureux père, que la foudre semblait avoir frappé, Monsieur, arrêtez. Ce que vous dites là est impossible, mon fils...

— Pardon, Monsieur, interrompit M. Linval avec froideur, pardon, mais je n'accuse jamais légèrement. J'ai les preuves de ce que j'avance, et je vais vous les citer.

L'infortuné M. de Villepré tomba anéanti sur sa chaise, et M. Linval reprit :

— Je n'ai eu qu'à me louer de M. Edmond pendant les premiers temps qui suivirent son entrée dans ma maison, aussi m'étais-je bientôt dispensé d'une surveillance que j'avais cru nécessaire d'abord. Il tenait entre ses mains des fonds considérables, mais je connaissais de réputation sa famille, et il n'entrait pas dans ma pensée que le fils de M. Villepré pût se rendre coupable d'une action déshonorante. Depuis quelques temps cependant je remarquais quelque chose d'étrange dans la conduite de M. Edmond; il arrivait fort tard, il sortait souvent pendant la journée : je lui fis des observations à ce sujet, ses réponses ne me satisfirent pas. Mon cabinet n'a aucune porte de communication avec mes bureaux, mais il s'y trouve une ouverture secrète et imperceptible qui me permet de voir ce qui se passe dans la pièce où se tient le caissier. Eh bien ! Monsieur, j'ai vu moi-même hier M. Edmond prendre avec une agitation qui déjà me donna quelques soupçons, des billets de banque dans la caisse et les mettre dans son portefeuille. Je me refusais cependant à croire à l'évidence, mais lorsque ce matin je n'ai pas vu reparaître votre fils, j'ai vérifié ses registres, et j'y ai constaté un déficit de douze mille francs. Le fait est positif, il m'est impossible de conserver le moindre doute; néanmoins j'ai voulu avant toutes choses venir vous consulter. Peut-être trouverons-nous quelques moyens d'arranger cette affaire sans l'ébruiter, et par conséquent sans nuire à votre fils.

Un profond silence suivit ces paroles. Écrasé sous le poids de la douleur et de la honte, M. de Villepré semblait avoir perdu l'usage de ses facultés et jusqu'au sou-

venir de la présence de M. Linval. Un mouvement de
celui-ci lui rappela la nécessité d'une réponse quelconque, il fit un violent effort sur lui-même, et s'adressant
au banquier :

—Monsieur, lui dit-il, pardonnez à la stupeur où
votre récit m'a plongé. Je ne saurais en ce moment trouver ce que j'ai à vous dire. Accordez-moi quelques moments pour me remettre, et j'aurai ensuite l'honneur de
vous voir.

— Je comprends votre affliction, Monsieur, répondit
M. Linval ; je suis moi-même désolé de cet événement,
car je portais à M. Edmond un véritable intérêt, mais
avant tout je suis homme d'affaires, et il faut que je rentre dans mes fonds. J'avais pris votre fils sans caution-
nement ; c'est un malheur pour moi ; quelle garantie me
donnerez-vous aujourd'hui de mon remboursement?

Ce manque révoltant de délicatesse rendit un peu de
présence d'esprit à M. de Villepré, il répondit avec calme
et dignité :

— Je ne puis vous offrir d'autre garantie que ma parole, Monsieur ; jamais encore elle n'a trompé personne.

Puis s'asseyant à sa table, il prit du papier, de l'en-
cre, et écrivit les lignes suivantes :

« Je reconnais devoir à M. Linval, la somme de douze
mille francs, que je m'engage à lui remboursez dans le
plus bref délai possible. »

Il signa, et rémit le papier au banquier. Celui-ci y jeta les yeux.

— Je ne saurais me contenter de cette formule, dit-il, veuillez fixer une époque à laquelle je puisse compter rentrer dans mes fonds avec les intérêts, payables chaque année à dater de ce jour. A ce prix là seulement je consentirai à n'exercer aucune poursuite judiciaire.

— Voulez-vous m'accorder cinq ans, demanda M. de Villepré.

— Il le faut bien, répartit le banquier avec humeur, je vois bien que vous n'avez pas le sou.

M. de Villepré dévora en silence cette nouvelle humiliation, il donna un autre billet avec lequel M. Linval se retira.

A peine la porte se fut-elle refermée sur lui que madame de Villepré et Valérie se précipitèrent dans la chambre. Elles avaient tout entendu. Rien ne saurait peindre la désolation de ces malheureux parents. Ils ne pleuraient ni sur leur déshonneur, ni sur l'aggravation de misère que cette nouvelle dette leur apportait, ni même sur l'ingratitude de ce fils qui couvraient de honte leurs cheveux blancs; non, leur douleur était mille fois plus poignante qu'elle n'eût pu l'être causée par aucun de ces motifs. Ils pleuraient sur l'âme de leur enfant qui se perdait, ils comprenaient que ce dernier acte n'était que le complément d'une vie coupable; que depuis long-temps déjà Edmond avait entièrement abandonné la voie de la vertu et de l'innocence, ils comprenaient tout cela, et ils pleuraient.

Quelles sont amères les larmes pour lesquelles la religion elle-même semble n'avoir pas de consolation à offrir!

— Hélas! disait M. de Villepré, si j'avais vu mourir mon fils, sans doute mon âme aurait été brisée d'une cruelle douleur, mais enfin, s'il était mort dans des sentiments chrétiens, j'aurais eu l'espoir de me réunir un jour à lui. J'aurais vécu dans cette pensée, elle m'eût accompagné partout; elle m'eût aidé à me soumettre à la volonté de Dieu. Mais ici je ne saurais même dire à Dieu : Seigneur, que votre volonté se fasse! car le Seigneur ne saurait vouloir la perte d'une de ses créatures.

— Ah! mon ami! répondit la malheureuse mère, c'est précisément là ce qui doit nous donner du courage! Désormais notre vie entière sera employé à demander à Dieu de nous rendre notre enfant. Nous prierons tant que le Seigneur se laissera toucher. Au milieu de mon extrême affliction, je me sens l'âme remplie d'espérance; je ne cesserai de prier, de pleurer, de demander que lorsque Dieu aura changé mes larmes en un cantique de réjouissance.

Et tous trois tombèrent à genoux, et firent monter vers le ciel le premier acte de cette prière qui devait durer aussi long-temps que les égarements d'Edmond. La sainte confiance qui animait madame de Villepré pénétra peu à peu l'âme de son mari et de sa fille, il leur sembla que Dieu lui-même attachait à la persévérance de leur prière la grâce de leur fils.

C'est ainsi que le Seigneur a des consolations ineffables pour les cœurs les plus éprouvés, et que, pour qui sait chercher, le baume se trouve toujours renfermé au sein de la blessure.

Au moment où Valérie se relevait, fortifiée, des pieds du crucifix, un commissionnaire se présenta avec une lettre. Elle était d'Edmond, adressée à sa sœur, et on se figure aisément avec qu'elle avidité toute la famille en dévora le contenu.

» Je ne puis espérer, écrivait l'infortuné jeune hom-
» me, que mon crime demeure inconnu, aussi je n'ose
» m'adresser à ceux dont je me suis rendu indigne de
» porter le nom. Valérie, ma sœur, ma compagne, c'est
» toi que je charge de leur faire mes adieux. Je pars, où
» vais-je? que ferai-je? je l'ignore encore. J'ai été en-
» traîné par des mauvais conseils, séduit par de crimi-
» nels exemples ; je sens que je mène une vie coupable,
» mais je n'en suis pas venu encore à vouloir y renon-
» cer. J'ai joué, vous l'avez compris, car vous ne pou-
» vez supposer que j'aie violé le dépôt qui m'était confié
» sans m'y être vu forcé par une cruelle nécessité. Je ne
» me connaissais aucun moyen d'acquitter ma dette, et

» je ne pouvais cependant différer long-temps à satisfaire
» l'exigence de mon créancier. Ah ! Valérie ! tu ne sauras
» jamais, heureusement pour toi, ce que j'ai enduré
» d'agonie et d'angoisses, avant de prendre le fatal parti
» qui me sépare de vous aujourd'hui ! Ne sachant plus
» que devenir, je me flattai que je pourrais facilement
» cacher mon larcin ; que je serais certainement, de tous
» les employés, le dernier sur qui tomberait les soup-
» çons. — La tentation me vainquit, je pris dans la caisse
» de M. Linval les douze mille francs que j'avais perdus,
» et je les portai à mon créancier. Mais, chose étrange !
» ma dette ne fut pas plutôt acquittée que toutes mes
» idées se bouleversèrent. L'horreur de mon crime m'ap-
» parut dans toute son étendue ; bien loin de soupçonner
» que je n'en serais pas accusé, il me sembla, au con-
» traire, que tous les soupçons tomberaient sur moi seul.
» Hier au soir, je rentrai oppressé par les plus doulou-
» reuses pensées ; je me voyais accusé, traîné devant les
» tribunaux, condamné à une peine infamante peut-être !
» Je crus que ma raison allait s'égarer, et je pris le
» parti d'échapper par la fuite à la honte et à l'ignominie
» que je ne pouvais entrevoir sans horreur. Ce matin,
» lorsque ma mère est venue dans ma chambre, j'ai
» hésité un instant si je ne lui confierais pas mes angois-
» ses, mais j'ai secoué ce bon mouvement et je suis
» parti. Jusqu'au moment où je me sentirai le courage

» de renoncer à la vie que je mène en ce moment, vous
» n'entendrez plus parler de moi. Je n'ai voulu vous
» rassurer que sur un seul point, vous faire savoir que
» je vis, et qu'au milieu de tous mes égarements il y a
» un crime qui m'a toujours fait horreur, c'est le sui-
» cide; ne craignez donc rien à ce sujet.

» Mon père, ma mère, ma sœur, ô vous que je ne
» suis plus digne d'appeler de ces noms, adieu. J'ai
» brisé votre cœur, je le sais, mais je sais aussi que
» vous ne m'avez pas maudit, bien loin de là, je sais
» que vous prierez pour moi. Puissent vos prières être
» exaucées ! »

Quoique la lecture de cette lettre réalisât les plus tristes suppositions de M. et de madame de Villepré, elle
fut cependant pour eux une sorte de consolation. Tout
n'était pas perdu puisque Edmond sentait ses torts, et
que, quoi qu'il arrivât, il promettait de vivre. Que de
courage, que de force cette certitude n'allait-elle pas
répandre sur leurs prières !

IV

VALÉRIE.

Six mois s'écoulèrent sans amener aucun changement dans la position de la famille de Villepré. M. Linval, fidèle à sa promesse, s'abstint de toute poursuite judiciaire, et le nom d'Edmond demeura sans tache. M. et madame de Villepré, aussi profondément affligés qu'au premier jour de leur malheur, s'efforçaient néanmoins de paraître calmes pour ne pas attrister Valérie, et de tels efforts sont toujours salutaires; ils parviennent à nous procurer quelques moments d'oubli.

Il est temps maintenant que nous fassions faire à nos lecteurs une connaissance plus intime avec mademoiselle de Villepré, dont jusqu'ici nous n'avons parlé que superficiellement.

A l'époque où commence notre récit, Valérie achevait sa dix-huitième année. Elle avait été, depuis sa naissance, l'objet des soins continuels et de la sollicitude incessante de sa mère, qui, en nourrissant sa fille du lait le plus pur de la parole divine, des principes les plus sérieux et les plus saints, cherchait à se dédommager de ce qu'il ne lui était pas permis de faire pour son fils. L'éducation de Valérie fut forte et réfléchie. Née avec un cœur tendre et aimant, une sensibilité très-vive, elle joignait à toutes les qualités attachantes résultant de ces heureuses dispositions les défauts qui en provenaient naturellement. Ainsi madame de Villepré remarqua que la sensibilité de sa fille dégénérait souvent en inégalité d'humeur, et que la bonté de son cœur la portait à une faiblesse qui, en commençant par s'exercer sur les objets extérieurs, pouvait aller jusqu'à la priver de tout empire sur elle-même. C'était là ce que madame de Villepré redoutait le plus, car elle considérait avec raison l'empire sur soi-même comme la base de toute education véritablement chrétienne et comme la garantie la plus certaine du bonheur. Ce fut donc à fortifier la volonté de Valérie, à l'habituer à suivre en toutes choses la règle de la raison éclairée par la foi, à lui apprendre à dompter et à dominer les mouvements impétueux de son cœur que tendirent tous les efforts de sa pieuse et vigilante mère. Sa sollicitude fut couronnée d'un plein succès. Valérie, nourrie dans l'enseignement et la pratique de la religion la plus pure, n'offrait dans sa piété aucune de ces imperfections qui lui font souvent tant de tort. L'habitude de se vaincre était devenue pour elle une seconde nature, et la susceptibilité, l'inégalité de caractère qu'elle annonçait dans son enfance avait cédé à des efforts assidus et persévérants. Ayant vécu presque exclusivement dans la société de sa mère, Valérie était plus sérieuse qu'on ne l'est ordinairement à son âge ; l'af·fectation, la minauderie, toutes ces petites puérilités qui occupent ordinairement les jeunes filles lui étaient complètement inconnues. Elle ne possédait pas cette faculté merveilleuse et si commune de découvrir partout un ridicule, souvent jusque dans les personnes les plus respectables, et eût rougi de se mêler à ces petites coteries de jeunes personnes où l'on critique sans ménagement, où l'on rit de tout, où l'on se moque de tout. Il ne faut pas conclure de là que Valérie fût raide, guindée et ennuyeuse ; non, elle était raisonnable seulement, du reste gaie, causante, naturelle ; elle s'amusait d'un rien et prenait intérêt à toutes choses. A la campagne elle aimait la promenade, les fleurs et les oiseaux; à la ville, le travail, l'étude, le bal quand on l'y menait, lui préféram

cependant les réunions intimes et choisies ; sans être jolie elle avait un charme extrême qui consistait surtout
dans une simplicité pleine de dignité, et dans une physionomie où se réflétaient comme dans un miroir tous les
nobles et purs sentiments de son âme.

Cette fille chérie était la seule consolation de M. et de
madame de Villepré, et l'union qui existait entre ces trois
personnes sembla s'augmenter encore par leur douleur
commune. L'amour ingénieux et tendre de Valérie ame-
nait souvent des larmes dans les yeux de ses parents,
et ils nourrissaient un espoir qui, disaient-ils, rendrait
à leur enfant le bonheur dont elle était si digne, mais
cet espoir encore devait être déçu. Ceci demande une ex-
plication que nous nous empressons d'offrir à nos lecteurs.

Un an avant ses malheurs, M. de Villepré rencontra
chez un de ses amis un jeune homme, Maurice de Rancey,
dont le père avait été son intime ami. M. de Rancey père
et M. de Villepré s'étaient connus pendant l'émigration ;
on est si heureux à l'étranger de rencontrer un compa-
triote, que cette qualité seule suffit pour rapprocher des
hommes qui peut-être, dans leur pays, ne se fussent jamais remarqués. Indépendamment de ce motif, il se
trouva chez ces deux messieurs les mêmes idées religieu-
ses et politiques, les mêmes goûts, les mêmes occupa -
tions, et quoiqu'ils fussent très-jeunes à cette époque,

leur amitié fut durable et solide. Plus tard, M. de Villepré entra dans la carrière diplomatique, M. de Rancey
embrassa celle de la magistrature ; les deux amis furent
ainsi séparés, et M. de Rancey était mort depuis dix ans
lorsque M. de Villepré rencontra son fils.

Agé alors de vingt-cinq ans, Maurice de Rancey était,
sous beaucoup de rapports, un sujet distingué. Il plut infiniment à M. de Villepré, qui, en le voyant, croyait retrouver son père, et l'emmena chez lui, où il le présenta
à sa femme. Le jeune homme fut bientôt intimement admis dans la famille, et ne tarda pas à être touché de la
modestie, des grâces simples et des qualités solides de
Valérie. C'était là le vœu secret de M. de Villepré, car
Maurice lui paraissait réunir tout ce qu'il cherchait dans
un gendre, tous les avantages, celui de la fortune excepté.
Mais Valérie en aurait pour deux ; ainsi cette difficulté
là n'en était pas une pour son père. Aussi lorsque M. de
Rancey vint confier à M. de Villepré ses espérances et ses
craintes, celui-ci le serra dans ses bras en le nommant
son fils. On appela Valérie, qui se soumit avec bonheur
au choix de ses parents, et le mariage fut décidé ; seulement, comme la jeune fille n'avait à cette époque que
dix-sept ans, il fut convenu que la célébration en serait
renvoyée à deux ans plus tard. Pendant cet espace de
temps, Maurice devait voyager pour se mettre en état de
remplir convenablement une place qui lui avait été pro-

mise. Le jeune homme partit ; mais il écrivait fréquemment à madame de Villepré ; et celle-ci, ainsi que son mari, se repos ait, comme nous l'avons dit, dans l'espoir qu'il ne tarderait pas à revenir, et que leur enfant bien-aimée trouverait, dans une union bien assortie, le bonheur et la paix. M. de Villepré avait bien eu un moment la crainte d'être obli gé de rompre un mariage qu'il désirait vivement. N'ayant plus de dot à donner à sa fille, Maurice pouvait renoncer à ses projets, et d'ailleurs n'était-ce pas les exposer tous deux à une existence difficile et précaire ? Mais la position de M. de Rancey s'améliorait, on lui avait offert la direction d'une manufacture aux États-Unis, direction qui rapporterait des émoluments assez considérables pour permettre au jeune ménage non seulement de vivre dans l'aisance, mais encore de se créer des ressources pour l'avenir. Ce changement de position affligeait Valérie ; elle ne pouvait se résoudre à un mariage qui la séparait de ses parents ; elle s'était cependant décidée après bien des combats, dans la pensée qu'elle pourrait peut-être rendre à son père et à sa mère quelque chose de l'aisance qu'ils avaient perdue ; elle pensait d'ailleurs que pendant une absence de quelques années Edmond la remplacerait auprès d'eux.

Mais aujourd'hui tout était changé. Valérie ne pouvait abandonner M. et madame de Villepré à leur solitude désolée. On avait écrit à Maurice l'affreux événement qui

détruisait toute la paix d'une famille ; mais Maurice restait fidèle à ses projets, et revenait dans deux mois. Ces
deux mois se passèrent pour mademoiselle de Villepré
dans de cruelles angoisses. Un jour, assise à travailler
auprès de sa mère, elle lui demanda pourquoi elle et son
père ne la suivraient pas aux États-Unis.

— Mon enfant, lui répondit madame de Villepré, bien
des raisons, toutes insurmontables, s'opposent à l'accomplissement de ce projet qui serait si doux pour nous.
D'abord ton père ne peut jouir de sa pension que dans
son pays ; s'il y renonçait, il ne nous resterait rien pour
vivre, et nous ne pourrions nous décider à être à la charge de M. de Rancey.

— Je comprends cela, chère maman, répartit la jeune
fille avec vivacité, mais il y aurait un moyen : nous tra-
vaillerions là-bas comme ici, nos ouvrages seraient sans
doute mieux payés, et nous nous contenterions certainement d'une existence modique qui vous fixerait près
de moi.

— O mon enfant ! dit madame de Villepré en serrant
sa fille contre son cœur, Dieu sait ce qu'il m'en coûtera
de te quitter, mais il le faut. Une autre raison encore ,
ajouta-t elle en hésitant, c'est que les créanciers de ton
père s'opposeraient peut-être à son départ, et d'ailleurs
ne doit-il pas rester ici pour essayer de recouvrer au
moins quelques débris de sa fortune? Ne songe donc plus

à ce voyage, ma Valérie, il est impossible. Tu nous quitteras pendant quelques années, puis quand Dieu le permettra, tu nous reviendras, et nous ne nous séparerons plus.

Et la pauvre mère leva les yeux sur sa fille en tâchant de sourire. Mais le regard de Valérie disait si clairement : je ne partirai pas, que madame de Villepré eut un pressentiment de ce qui se passait dans son cœur.

— Ma fille chérie, s'écria-t-elle, je lis dans ton âme. En vain voudrais-tu me le cacher, je vois que tu médites un dévouement que je refuse. Mon enfant, ne nous sacrifie pas ton avenir ! Nous ne sommes plus jeunes, si tu venais à nous perdre, que deviendrais-tu ? Qui te protégerait ? qui te défendrait ? Oh ! qu'au moins nous te sachions appuyée sur le cœur d'un homme d'honneur, qu'en mourant nous puissions nous dire qu'une main amie essuiera tes larmes, que notre dernier soupir soit au moins exempt d'inquiétude à l'égard de notre chère enfant. Valérie, promets-moi...

La jeune fille se pencha vers sa mère et l'embrassa tendrement.

— Je vous promets de réfléchir, bien chère maman, lui répondit-elle, c'est tout ce que je puis faire. En attendant le retour de Maurice, ne parlons plus de nous séparer.

Valérie prononça ces paroles avec une sorte de grave

autorité qui, malgré elle, imposa à sa mère, et la conversation en demeura là. Si, pendant la nuit qui suivit cet
entretien, madame de Villepré n'eût pas dormi d'un sommeil plus profond qu'à l'ordinaire, l'agitation et les larmes
de Valérie, qu'elle ne pouvait entièrement comprimer,
lui auraient révélé la lutte qui se livrait dans cette âme
généreuse. Mademoiselle de Villepré avait accepté en
Maurice l'époux du choix de ses parents; elle en avait
entendu faire par eux tant d'éloges, il leur témoignait à
tous tant d'affection qu'elle en était venue insensiblement
à lui accorder une large part de son cœur et de sa pensée. Tous ses projets d'avenir se rapportaient à lui; son
père, sa mère concentraient en lui tout ce qui leur restait
d'espérances; ce ne pouvait donc être sans déchirement
qu'elle briserait tous ces liens. Son parti était pris, mais
il lui coûtait bien des larmes.

Cependant il fallait se hâter, car le moment du retour
de Maurice approchait. Aussi, le lendemain, Valérie se
leva-t-elle de bonne heure, et se rendit, comme elle le
faisait chaque matin, à l'église, peu éloignée heureusement de sa demeure. Après la messe, elle fit demander
l'abbé Gerval, qui, depuis son retour en France, dirigeait
sa conscience. Ce vénérable ecclésiastique, ami intime
de toute la famille de Villepré, n'ignorait aucun détail de
leur position, et par là se trouvait en état d'être fort utile
à Valérie.

3..

— Qu'avez-vous, mon enfant? demanda-t-il à Valérie aussitôt qu'il l'aperçut. Vous êtes pâle, vous avez pleuré, serait-il arrivé quelque nouveau malheur?

Et son anxiété redoublait en voyant le silence de mademoiselle de Villepré, qui sentait ses forces faiblir au moment d'exécuter son généreux projet.

— Parlez, mon enfant, ajouta le digne prêtre, parlez, je vous en supplie, car mon inquiétude est à son comble.

— Rassurez-vous. M. l'abbé, répondit la jeune fille, en tâchant de maîtriser son émotion. Je crois, à la vérité, qu'un nouveau sacrifice m'est imposé, mais j'espère que vos conseils me soutiendront dans la ligne de conduite que je me suis tracée, et que vos prières m'obtiendront la grâce d'y persévérer avec courage.

Et lui apprenant alors la nécessité où se trouvait M. de Rancey d'accepter une position assurée aux États-Unis, et les motifs qui empêcheraient son père et sa mère de l'y suivre, elle lui confia en même temps sa résolution de renoncer à un mariage qui la forcerait à abandonner ses parents.

— Dieu sait ce qu'il m'en coûte! ajouta la pauvre enfant, car je crois que j'aurais été heureuse avec M. de Rancey. Sans doute que Dieu en juge autrement, puisqu'il ne permet pas que nos projets s'accomplissent. Priez pour moi M. l'abbé, car j'ai besoin de beaucoup de cou-

rage pour ne pas me sentir faible, en songeant à la douleur que je vais causer à ce pauvre Maurice ! Lui si bon
pour moi, si affectueux, si dévoué, que ne va-t-il pas
souffrir en apprenant qu'il faut nous séparer pour toujours !

— Ma chère enfant, lui répondit l'abbé Gerval d'une
voix où se trahissait son émotion, je loue et j'admire votre courage. Vous agissez noblement, mais ne craignez
rien, le seigneur appréciera et récompensera votre dévouement filial. Il ne s'est pas contenté de promettre
les récompenses éternelles à l'enfant qui honorerait son
père et sa mère, c'est dès cette vie qu'il veut faire éclater
sur lui les marques de sa protection et de sa tendresse.
Vous semez aujourd'hui dans les larmes, mais, soyez en
sûre, vous moissonnerez dans l'allégresse. Je comprends
que votre âme soit triste et désolée, et je ressens avec
vous toutes ses tristesses. Vous connaissez assez mon affection pour être persuadée de ma sympathie, n'est-ce pas,
ma pauvre enfant.

Le digne ecclésiastique fut obligé de s'arrêter, car il
se sentait prêt à pleurer avec Valérie; ce fut elle qui
reprit :

— Merci, M. l'abbé, merci, dit-elle; oh ! je sais combien vous nous êtes dévoué à tous. C'est ce dévouement,
cet intérêt que je viens mettre à l'épreuve. Mon père et
ma mère ignorent ma résolution; s'ils la soupçonnaient,

ils emploieraient leur autorité pour m'obliger à y renoncer ; je désire qu'ils ne la connaissent que lorsqu'elle aura reçu son accomplissement. J'ai donc compté sur vous, pour écrire à Maurice de se rendre ici, chez vous, aussitôt son arrivée à Paris ; vous lui expliquerez mes intentions, et vous travaillerez à le persuader, n'est-ce pas ? Approuvez-vous ce plan ?

Oui, ma chère enfant, seulement réfléchissez bien avant de prendre un semblable parti. Rien ne vous y oblige, si vous veniez à sentir que vous n'avez pas le courage nécessaire à son exécution.

— Ne craignez rien, répartit la jeune fille, mon espoir, ma force sont en Dieu.

— Qu'il en soit donc fait comme vous le voulez, dit gravement le bon prêtre: je vous le répète, Dieu ne laissera pas sans récompense le généreux sacrifice que vous vous imposez pour vos parents.

— Ah ! s'écria mademoiselle de Villepré, qu'il rende a leurs vieux jours la paix et le bonheur ! qu'il ramène notre Edmond au milieu de nous, que je voie sourire comme autrefois mon bon père, ma mère chérie, et je me trouverai amplement dédommagée. Et maintenant, M. l'abbé, je vous quitte, car maman pourrait s'inquiéter d'une plus longue absence, priez pour moi, afin que Dieu soutienne mon courage.

V.

ARRIVÉE DE M. DE RANCEY.

Trois jours devaient s'écouler encore avant le retour de M. de Rancey, et ce furent trois jours de pénibles angoisses pour toute la famille de Villepré. Les malheureux parents ne pouvaient envisager sans douleur le moment qui allait les séparer de leur fille chérie, du seul enfant qui leur restât. D'un autre côté, ils connaissaient trop bien le cœur de cette enfant pour ne pas savoir qu'un seul mot de leur bouche eût suffi pour l'engager à sacrifier son avenir, et ils n'eussent voulu, à aucun prix, lui demander un pareil dévouement. Ils ne le désiraient même pas, car il semblait plus doux à leur tendresse de savoir Valérie heureuse loin d'eux, que de la condamner à l'existence précaire qui était devenue leur partage. M. de Villepré s'était épuisé en efforts pour trouver à Maurice une occupation, une place qui le laissât à Paris ou au moins en France, mais toutes ses tentatives étant demeurées sans résultat, il fallait se résigner. Aussi M. et madame de Villepré appelaient-ils tout leur courage à leur aide pour s'entretenir devant Valérie du prochain retour de M. de Rancey. Ils tâchaient de prendre un air gai et riant; ils ne cessaient de répéter que dans ce projet d'union était renfermée la seule consolation à leurs maux, leurs seules espérances d'avenir; mais la tendresse attentive et clairvoyante de Valérie lui révéla les tortures qui se cachaient mal dans leur triste sourire. Elle aussi souffrait cruellement ; parfois elle reculait même devant le sacrifice qu'elle s'était imposé. Ce n'était pas sa propre douleur qui causait ces hésitations, mais en pensant à ce qu'allait souffrir M. de Rancey, elle sentait faiblir son courage. Il en est ainsi de toutes les âmes nobles et généreuses ; quelle que soit l'affliction qui les accable, elles l'oublient lorsqu'elles voient une affliction semblable atteindre des êtres chéris ; on peut dire même que, dans l'excès de leur dévouement, le sentiment de leur propre douleur s'anéantit pour ne laisser place qu'au sentiment

de la douleur d'autrui. Mais quand mademoiselle de
Villepré sentait son cœur s'amollir, ses forces fléchir, elle
levait à la dérobée un regard sur ses parents, et ceux-ci
ne se croyant pas observés, elle pouvait alors lire dans la
pâleur de leurs traits, dans l'expression de leur physionomie, le chagrin qu'ils s'efforçaient en vain de dissimuler. Indépendamment de ces préoccupations, Valérie
éprouvait presqu'un remords du premier secret qu'elle
cachait à sa bonne et excellente mère. Sans cesse elle se
répétait qu'elle n'agissait que dans l'intérêt de ses parents, qu'elle avait mis dans sa confidence leur meilleur
et plus respectable ami, que si elle parlait avant la consommation du sacrifice, sa faiblesse la ferait ceder peut-
être à des instances trop en harmonie avec les penchants
de son propre cœur. Alors elle se représentait son depart,
l'abandon de ses parents, leur isolement ; son père malade, mourant peut-être avec la terrible pensée de ne
laisser à sa femme ni appui ni soutien. Ces déchirantes
images ranimaient le courage de la pauvre Valérie, elle
adressait, dans le silence de son cœur, une courte et
fervente prière au Dieu de toute consolation, et, avec ce
secours puissant, rien ne trahissait les combats qui se
livraient au fond de son âme. Seulement elle avait hâte
de voir enfin le sacrifice consommé, et de mettre un terme à la réserve inaccoutumée qui existait entre elle et
une mère à qui elle avait l'habitude de laisser lire dans
son cœur.

M. de Rancey, de son côté, n'arrivait pas à Paris sans quelques préoccupations, mais elles étaient d'une nature bien différente de celles auxquelles se livraient la famille de Villepré. Il joignait à des qualités réelles qui lui avaient valu l'estime et la bienveillance des amis de son père, une versabilité d'esprit, une légèreté, une indécision de caractère qui ne lui permettait presque jamais de s'arrêter à un parti sans s'en repentir une heure après. Si alors il revenait sur ce à quoi il s'était arrêté d'abord, il le regrettait encore, ne sachant plus ce qu'il voulait et ce qu'il ne voulait pas. Cette fâcheuse disposition le laissait dans un mécontentement perpétuel, et entraînait une foule de conséquences nuisibles à ses affaires et à celles dont il était chargé. Touché des qualités, des grâces simples et modestes de Valérie, à l'époque où son père l'avait admis dans son intérieur, elle ne lui eut pas plutôt été accordée en mariage qu'il se repentit de s'être engagé si jeune dans des liens irrévocables. Ce fut lui qui rechercha l'occasion de voyager pendant les deux années qui d'après la volonté expresse de M. de Villepré, devaient le séparer du moment où Valérie deviendrait sa femme; mais lorsque cette possibilité lui fut accordée, habitué à la douce présence de mademoiselle de Villepré, au charme d'un extérieur qu'il considérait comme le sien, la perspective d'un départ le mit dans un état voisin du désespoir. Néanmoins il était impossible de refuser ce que l'on avait

sollicité, et M. de Rancey dut partir. Le changement de
lieu, le mouvement, la nouveauté, les affaires affaiblirent
promptement dans son esprit léger, le souvenir du foyer
tranquille où Valérie brodait sous les yeux de sa mère
pendant que M. de Villepré faisait à haute voix quelque
lecture intéressante, et il se réconcilia bien vite à une
destinée qui l'en séparait momentanément. Lorsqu'il apprit à l'étranger les malheurs de M. de Villepré, il en fut
doublement affligé ; d'abord par l'affection et l'intérêt
qu'il portait à toute la famille, ensuite parce qu'il comprit
que pour un cœur loyal, ces malheurs étaient un lien de
plus. Il écrivit donc à son futur beau-père une lettre où il
lui exprimait avec chaleur tous ces sentiments ; la conduite d'Edmond elle-même ne parut rien changer à ses
projets. Néanmoins, comme nous le disions tout à l'heure,
il agissait ainsi plutôt par devoir que par entraînement ;
il n'eût pas regretté un incident qui forcément l'eut dégagé de sa parole.

— C'en est fait, se disait-il à lui-même au moment où
la diligence qui le portait entrait dans Paris, encore quelques jours, et je serai marié, irrévocablement marié ! Je
ne sais trop, en vérité, pourquoi cette pensée m'attriste.
Ma future est charmante et possède toutes les qualités
propres à faire le bonheur d'un mari, je lui suis sincèrement attaché, j'aime et je respecte ses parents, qui, de
leur côté, m'ont toujours témoigné une extrême bienveil-

lance, pourquoi donc ne suis je pas plus empressé de
voir arriver le moment où je deviendrai l'époux de Valérie?
Ah ! c'est que la vie de garçon a bien ses charmes ! Une
entière liberté, point de soucis, point d'inquiétudes, tandis qu'une fois marié, il vous faut songer aux besoins et
à l'existence de toute une famille ! Je n'avais pas réfléchi à tout cela alors que Valérie était riche et que sa dot
eût suffi pour nous épargner tout embarra pécunier. Mais
aujourd'hui nous n'aurions pour vivre que le produit de
ma place, et quoiqu'elle soit suffisante pour nous mettre
dans une stricte aisance, combien de privations ne faudra-
t-il pas nous imposer à l'un et à l'autre ! Enfin il n'y a
pas de remède, je ne puis, honorablement, dégager ma
parole ; il faut donc me soumettre à ce qui me paraît inévitable.

Ces réflexions, passablement égoïstes, préoccupèrent
l'esprit du jeune homme jusqu'au moment où la diligence
entra dans la cour des messageries. Se réveillant alors
comme en sursaut et poussant un profond soupir, il se
dirigea vers un hôtel voisin où il comptait habiter pendant son séjour à Paris, et où il avait prié M. de Villepré
de lui retenir une chambre, sans toutefois lui annoncer
positivement le jour de son arrivée. Il se chauffait assez
tristement en attendant son dîner et réfléchissait s'il ne
pourrait attendre au lendemain pour se présenter chez
madame de Villepré, lorsque le garçon de l'hôtel entra

et lui remit une lettre que l'on avait apportée pour lui depuis trois jours. Elle était de l'abbé Gerval, auquel Valérie avait indiqué l'adresse du jeune homme, et contenait ce qui suit :

» Monsieur,

» Je comprends qu'en arrivant à Paris vous éprouviez un vif désir de revoir le plus tôt possible la famille de Villepré, qui vous est chère à tant de titres ; mais quelque étrange que puisse vous paraître ma demande, je vous supplie cependant de m'accorder une heure d'entretien avant de vous rendre chez madame de Villepré. Je vous attendrai chez moi tous les jours de neuf heures du matin à midi ; si j'avais su au juste le jour de votre arrivée, je vous aurais épargné la peine de venir me chercher.

Agréez, etc. »

Cette lettre excita au plus haut point la curiosité et l'étonnement de M. de Rancey. Il connaissait l'abbé Gerval, qu'il avait souvent rencontré chez M. de Villepré, et n'ignorait pas que le bon abbé possédait l'amitié et la confiance de la famille entière. Que pouvait-il avoir à lui dire ? Etait-il arrivé quelque nouveau malheur ? Maurice se coucha inquiet, agité, et le lendemain, à neuf heures du matin, il sonnait à la porte de l'abbé Gerval.

L'air grave et ému du digne ecclésiastique suffit pour

confirmer le jeune homme dans la pensée qu'il avait à lui faire quelque importante communication. Son cœur battit avec force, et ce fut d'une voix mal assurée qu'il répondit aux premières questions qui lui furent adressées par l'abbé.

— Monsieur lui dit celui-ci au bout de quelques instants, pardonnez-moi d'avoir retardé un moment que vous appeliez sans doute de tous vos vœux. Il a fallu, pour m'y décider, que j'y fusse autorisé par mademoiselle de Villepré elle-même : c'est d'elle que je veux vous entretenir.

— Parlez, monsieur, répondit M. de Rancy, et quoique vous ayez à me dire, soyez assuré du respect avec lequel je recevrai tout ce qui me viendra de la part de la famille de Villepré.

— La tâche que j'ai entreprise est douloureuse à remplir, monsieur, continua l'abbé Gerval avec tristesse, car qu'y a-t-il de plus pénible que d'affliger ceux que l'on voudrait tant voir heureux! Mais laissons ces préambules, et venons au fait.

Vous avez entendu parler sans doute des malheurs de M. de Villepré, mais je doute que sa délicatesse lui ait permis de vous en dire toute l'étendue. Sans entrer dans le détail des causes qui les ont produites, je veux que vous sachiez seulement qu'il ne reste aujourd'hui à sa famille pour tout moyen d'existence que les leçons don-

nées par madame de Villepré et le travail manuel de Valérie.

Un soupir fut la seule réponse de Maurice. Le bon abbé
s'attendait à l'expression d'une vive sympathie ; le silence du jeune homme le surprit un peu ; il continua çe-
pendant :

— Puisque tant d'infortune ne vous a pas fait renoncer
à la main de mademoiselle de Villepré, monsieur, ses
parents entrevoyaient avec joie le moment où il leur serait permis de vous nommer leur fils, et Valérie, tout en
regrettant profondément la séparation qui devait inévitablement suivre son mariage avec vous, y consentait, dans
l'espoir que cette séparation ne serait que de peu de
durée, et qu'en attendant son frère la remplacerait auprès d'un père et d'une mère qu'elle chérit tendrement.
Mais le brusque départ d'Edmond, en plongeant ses parents dans une désolation nouvelle, ne lui permet plus de
les quitter. Elle m'a donc chargé de vous dire, monsieur,
que tout en admirant la générosité de vos procédés, il lui
était désormais impossible d'en profiter. M. et madame
de Villepré ignorent encore la décision de leur fille, elle a
voulu la leur cacher, sachant bien qu'ils s'opposeraient
de tout leur pouvoir à l'accomplissement d'un pareil sacrifice, jusqu'au moment où vous l'auriez accepté, et où
il serait par conséquent, irrévocablement consommé. Elle
vous demande, monsieur, de ne pas attribuer son chan-

gement de résolution à un caprice ou à une altération de
sentiments, mais de n'y voir qu'un résultat inévitable de
la terrible vicissitude qui pèse sur sa famille, etc...

— Je respecte trop mademoiselle de Villepré, interrompit M. de Rancey avec émotion, pour la soupçonner de
légèreté ou de caprice ; bien loin de là, j'apprécie et j'admire la générosité, la noblesse de sentiments qui dictent
sa résolution.

Un profond silence succéda à ces paroles. Maurice,
quoique profondément touché de la conduite de Valérie,
la regrettait à peine. Il ne se sentait pas au fond du cœur
l'énergie nécessaire pour embrasser volontairement et
par un choix une existence précaire, en comparaison de
celle qu'il avait menée jusqu'alors. Son affection pour sa
fiancée n'était pas assez forte pour l'emporter sur une
foule de considérations personnelles ; aussi, quoiqu'il en
sentît bien quelques remords, se gardait-il avec soin de
de toute parole, de tout témoignage qui eût pu laisser
soupçonner qu'il s'opposât au sacrifice que mademoiselle
de Villepré voulait faire à sa famille.

De son côté, le bon abbé était dans une stupéfaction
extrême. Il s'attendait à de vifs regrets, à une opposition
violente, presqu'à du désespoir ; mais le calme et le sang
froid avec lequel M. de Rancey accueillait la communication qui venait de lui être faite, bouleversait toutes ses
idées. Il se demandait si ce jeune homme méritait bien

réellement l'opinion qu'avaient de lui M. et madame de
Villepré ou plutôt si l'épreuve de leur adversité ne s'é-
tait pas trouvée au-dessus de ses forcea. Absorbé dans
ces pensées, il se promit de veiller attentivement sur ses
paroles, et de ne rien dire qui pût révéler l'étendue du
chagrin que cette rupture causait à Valérie et à ses parents.

Le silence se prolongeait ainsi, et sans que le digne
abbé parût s'en apercevoir. Maurice seul s'en trouvait
embarrassé; il comprenait la nécessité de dire quelque
chose; et entre la crainte de s'avancer plus qu'il ne le
voulait, et l'inconvenance qu'il y avait à n'exprimer au
cun regret, il cherchait vainement une parole.

— Veuillez, monsieur l'abbé, dit-il enfin, exprimer à
M. et à madame de Villepré et à mademoiselle Valérie
mes profonds regrets. J'aurais été fier et heureux d'entrer
dans leur famille, mais je comprends parfaitement que
de tels projets soient devenus irréalisables. Ma position
est si médiocre que je ne puis désirer de la voir partagée
par mademoiselle de Villepré ; je dois d'ailleurs à mon
avenir de ne pas renoncer à une place dont il dépend tout
entier. Il faut donc que je parte pour les Etats-Unis, et je
comprends que mademoiselle Valérie, fille si tendre et si
dévouée, ne veuille pas infliger à ses parents une séparation aussi cruelle et, selon toute probabilité, aussi lon-

gue. Me conseillez-vous, monsieur, ajouta-t-il en hésitant, de revoir M, et madame de Villepré?

— Non, Monsieur, répondit l'abbé Gerval avec un peu de froideur, dont, malgré toute sa charité, il ne put parvenir à se défendre. Mademoiselle de Villepré désire expressément éviter une entrevue qui ne saurait être que pénible, et à laquelle elle ne voit aucune utilité.

La faiblesse de Maurice lui faisait redouter une réponse affirmative; il sentait qu'il se serait trouvé embarrassé en présence de ceux qui désormais allaient devenir des étrangers pour lui; cependant son cœur se serra à la pensée de ne plus revoir Valérie, et ce fut avec une émotion sincère qu'il dit à l'abbé Gerval en le quittant.

— Soyez donc, monsieur, un interprête fidèle de mes sentiments auprès d'une famille pour laquelle je conserverai toujours un profond respect et un sincère attachement. Puisque mademoiselle Valérie m'est arrachée, c'est que j'étais sans doute indigne d'un pareil trésor.

L'accent sincère dont il prononça ces paroles réconcilia un peu le bon abbé à sa froideur précédente; il lui tendit la main, que M. de Rancey serra cordialement en sortant.

Le cœur humain renferme des problèmes impossibles à résoudre, ou plutôt il n'est lui-même qu'un problème inexplicable. Presque toujours l'homme ignore son propre cœur. Il s'élance vers un but où il croit voir luire le bonheur; pour y arriver il s'épuise en efforts incroyables, il sacrifie tout, sa santé, sa fortune, sa liberté parfois. Pendant qu'il s'acharne ainsi après un seul objet, Dieu lui présente sur sa route une tente humble et modeste, abri certain et assuré contre l'orage, mais l'homme aveuglé le méprise, il court toujours vers ce but désiré. Rarement il l'atteint, mais, s'il lui est donné d'y parvenir, il s'aperçoit qu'il s'était trompé, et que l'objet de son ambition n'est pas celui qu'il faut à son bonheur. La réalité est si loin de l'illusion! Alors il voudrait retourner vers l'oasis tranquille qu'il a entrevue et qui lui a laissé un souvenir paisible et doux, mais le vent du désert l'a ravagée, et il est trop tard.

Maurice, en quittant l'abbé Gerval, éprouvait quelque chose de semblable à ce que nous venons de décrire. La veille encore, il eût voulu, à tout prix, pouvoir reconquérir sa liberté. Son mariage lui paraissait une pierre d'achoppement contre laquelle venaient se briser tous ses projets d'avenir. Seul il lui semblait facile de se créer une position, une fortune brillante, mais avec la charge d'une famille, avec les embarras domestiques, il y voyait impossibilité. Il eut dû, par conséquent, accueillir joyeusement l'événement qui rompait ses liens, sans que la faute pût lui en être imputée. Pourquoi donc en était-il autrement? Pourquoi la pensée que Valérie était perdue pour lui laissait-elle dans son âme une profon-

de tristesse? Ah! nous le disions tout à l'heure, c'est que
l'homme ignore son propre cœur! Ses désirs changent
comme le vent, et sa pensée du soir ne ressemble pas à
celle que le soleil du matin avait fait éclore! Maintenant
que M. de Rancey pouvait, à son gré, voyager, courir le
monde, il lui eût paru doux de goûter le charme et la
paix du foyer, mais il était trop tard! Il le sentait, il comprenait qu'en quittant l'abbé Gerval sans faire aucune
tentative pour ébranler la résolution de mademoiselle de
Villepré, sans chercher aucun moyen qui pût concilier
les difficultés de leur position, il s'était aliéné le cœur du
bon prêtre, celui de Valérie peut-être, et de toute façon
la voie du retour lui paraissait fermée. Il s'efforça donc
d'imposer silence à ses regrets, se répétant, que, dût-il en
souffrir momentanément, il valait mieux encore, au fond,
que les choses en demeurassent là.

VI

DÉVOUEMENT.

Après le départ de Maurice, l'abbé Gerval demeura quelques instants pensif et absorbé. Que devait-il augurer de la conduite du jeune homme? Qu'en dirait-il à Valérie? Cette indifférence n'allait-elle pas ajouter encore à son chagrin ?

— Non, se disait à lui-même le vénérable ecclésiastique, M. de Rancey ne mérite pas entièrement la bonne opinion qu'ont de lui M. et madame de Villepré. Un cœur plus généreux se fût soumis avec moins de facilité, et en

eût trouvé quelques paroles plus vraies, quelques sentiments plus chaleureux en présence d'un sacrifice fait
pour inspirer l'admiration. Les deux années que Maurice
a passées loin de nous l'ont changé, le frottement du
monde et des affaires a développé en lui un égoïsme dont,
sans doute, il n'avait autrefois qu'un léger germe.

Ces pensées et d'autres semblables occupèrent long-
temps encore l'abbé Gerval. Après son déjeuner, il prit
son chapeau et sa canne, et se disposa à aller rendre visite à Valérie du résultat de son entretien avec Maurice.
Il pensait la trouver seule, sa mère sortant ordinairement
à cette heure là pour donner ses leçons, et M. de Villepré
choisissait toujours le moment où sa femme s'absentait
pour faire un tour de promenade. Quelquefois Valérie
l'accompagnait, mais le plus souvent elle restait à travailler, et l'abbé présumait qu'attendant sa visite d'un moment à l'autre, elle ne se serait pas absentée ; ses prévisions se justifièrent.

L'air ému du bon ecclésiastique, qui, lié depuis de
longues années avec la famille de Villepré aimait Valérie
d'une affection toute paternelle, apprit sur-le-champ à la
jeune fille que tout était terminé. Une violente émotion
serra son cœur, mais, rassemblant toutes ses forces dans
un vif élan vers le Seigneur, elle entama elle-même l'entretien.

— Vous avez vu M. de Rancey, M.-l'abbé, lui dit-elle ;

dites-moi, je vous en supplie, comment votre entrevue s'est passée : je veux tout savoir

Le bon abbé s'assit, et, quelque pénible que fût pour lui ce récit, il répéta à Valérie, sans en rien omettre, tous les détails de son entretien avec M. de Rancey. Puis, lorsqu'il eut terminé, plus ému par le courageux silence de mademoiselle de Villepré qu'il n'eût pu l'être même par ses larmes, il ajouta :

— Pardonnez-moi, ma chère enfant, de vous affliger, et croyez bien que j'eusse voulu vous éviter le chagrin que je vous cause en ce moment. Mais je vous devais la vérité, et...

— Je vous remercie de me l'avoir dite toute entière, mon bon père, répondit Valérie avec effusion, et une larme qu'elle ne pouvait plus retenir tomba de sa paupière. Dailleurs, la pensée que M. de Rancey souffrira moins de notre séparation, sera un adoucissement à ma propre peine. Vous le savez, la crainte de sa douleur était la seule qui me laissât sans force.

L'abnégation, le dévoûment de mademoiselle de Villepré, formant un si frappant contraste avec la conduite toute opposée de M. de Rancey, augmentèrent encore l'émotion du bon abbé. En ce moment, M. et madame de Villepré rentrèrent ensemble, et ne purent réprimer un mouvement de surprise et même d'inquiétude, en lisant dans la physionomie de leur fille et de l'abbé Gerval les traces d'une agitation inaccoutumée. Mais la courageuse Valérie s'avança vers eux en souriant, et serrant sa mère dans ses bras :

— Embrassez votre enfant, lui dit-elle, et félicitez-la d'avoir acquis la certitude de ne jamais vous quitter.

— Que veux-tu dire, ma fille? s'écria madame de Ville-pré, qu'est-il encore arrivé.

Alors l'abbé Gerval, prenant la parole, expliqua aux parents attendris et émus tout ce qui s'était passé. Souvent ce récit fut interrompu par des expressions d'admiration et de reconnaissance que le père et la mère ne pouvaient retenir. En présence d'une si douce récompense, Valérie ne sentait plus le poids de son sacrifice, et elle éprouvait, dans toute son étendue, la joie pure et sans mélange du dévouement. Lorsque le bon abbé eut fini de parler, M. et madame de Villepré, prenant leur fille dans leurs bras, ne purent d'abord témoigner que par leurs larmes l'émotion qui remplissait leurs cœurs, enfin madame de Villepré prit la parole :

— Ma bien chère enfant, dit-elle, toi, dont je suis fière et heureuse d'être la mère, sois bénie du dévouement de l'amour filial dont tu nous donnes aujourd'hui une si grande preuve. Dieu ne laissera pas sans récompense une si noble action, et si la tendresse de ton père et de ta mère peuvent te dédommager du sacrifice que tu t'imposes aujourd'hui, sois assurée de jouir de cette consolation dans toute sa plénitude !

— Ma fille chérie, dit à son tour M. de Villepré, reçois aussi la bénédiction de ton père. Si tu ne te repens jamais d'avoir renoncé pour nous à un bonheur légitime, je ne pourrai que me réjouir d'un événement qui te conserve à notre amour. Que le Seigneur t'accorde la force nécessaire pour marcher dans la voie que tu t'es tracée !

Une heure s'écoula ainsi dans les épanchements de la plus vive tendresse ; au bout de ce temps, madame de Villepré, jugeant que tant d'émotions devaient avoir épuisé sa fille, lui proposa de sortir un peu avec elle.

— Allons ensemble à l'Eglise, ajouta la tendre mère, comprenant que Valérie devait avoir besoin de se recueillir devant Dieu ; j'ai hâte de remercier le Seigneur de m'avoir donné une enfant comme toi.

Valérie accepta avec empressement la proposition qui lui était faite, et qui cadrait si bien avec les désirs de son cœur. Aussitôt que M. de Villepré se vit seul avec le digne ecclésiastique, il ne put s'empêcher de lui témoigner tout le mécontentement que lui inspirait la conduite de M. de Rancey.

— Je me suis trompé sur son compte, dit-il en soupirant ; je croyais que les qualités de son cœur l'emportaient sur les défauts de sa tête ; encore une fois, je me suis trompé !

— Mon cher ami, repartit l'abbé Gerval, je commence à
croire que les qualités du cœur ne servent presque à rien
lorsqu'elles sont contrebalancées par la faiblesse d'esprit.
Elles inspirent de bons mouvements, de généreuses résolutions, mais le vent de l'inconstance, de la légèreté vient
souffler sur tous ces bons instincts, et au jour de l'épreuve on est tout étonné de voir ceux sur lesquels on
croyait pouvoir compter le plus fermement vous manquer et vous abandonner. Maurice est aussi à plaindre
qu'à blâmer. S'il l'eût voulu sérieusement, il aurait pu
certainement surmonter les difficultés qui s'opposaient à
son mariage avec Valérie, soit en essayant d'obtenir ici
un emploi, moins lucratif peut-être que celui qu'on lui
offre aux États-Unis, mais encore suffisant à des besoins
modérés, soit en remettant à son retour d'Amérique des
projets qui ainsi ne se fussent trouvés que retardés. Du
moins aurait-il pu m'en faire la proposition; et je dois
avouer que je m'y attendais : son silence m'a vivement
désappointé. Nul doute que, s'il eût agi de la sorte, il
fût sorti de chez moi moins mécontent de lui-même qu'il
ne l'était évidemment; mais le courage lui a manqué; la
faiblesse, l'indécision de son caractère a remporté la victoire. Hélas ! cette funeste disposition fera sans doute le
malheur de sa vie, et peut-être devons-nous féliciter notre
Valérie d'avoir échappé à toutes les peines qu'elle lui aurait inévitablement attirées !

— Je le crois comme vous, mon bon ami, répondit M. de Villepré ; je regrette seulement de n'avoir pas compris plus tôt le caractère de M. de Rancey. Alors je ne l'aurais pas admis dans l'intimité de ma famille ; et ainsi, j'aurais épargné bien des chagrins à ma pauvre enfant !

— Nous ne sommes pas infaillibles, répondit le bon prêtre, et quand agissant avec les meilleures intentions, avec les meilleures précautions indiquées par la sagesse divine et la prudence humaine, l'avenir prouve cependant que nous nous sommes trompés, nous pouvons bien gémir devant Dieu de l'imperfection de la nature humaine ; mais du moins ne nous reste t-il rien à nous reprocher. D'ailleurs, Valérie est aussi raisonnable que courageuse ; elle saura supporter une épreuve que Dieu, dans sa bonté, proportionnera à ses forces. Véritablement tendre et dévouée, elle est inaccessible à toute sensiblerie, à toute idée romanesque ; vous n'avez pas à redouter pour elle une exagération de tristesse, ni ces airs maussades auxquels s'abandonnent parfois les personnes qui ont accompli un sacrifice et n'ont pas le dévouement nécessaire pour chercher à le faire oublier. Mettons notre confiance en la divine Providence, qui a dirigé tous ces événements. Ses voies sont incompréhensibles pour nos faibles esprits, jusqu'au jour où il lui plaît d'en dévoiler à nos yeux tous les mystères. Tout arrive pour le bien de ceux qui aiment Dieu; aimons-le donc et nous n'aurons rien à craindre.

Pendant que M. de Villepré et l'abbé Gerval se livraient à la douce consolation que procurent les épanchements de l'amitié, Valérie et sa mère s'acheminaient lentement vers l'église voisine. Les deux femmes parlaient peu, mais il existe entre la mère et l'enfant, auquel elle a donné la vie, une mystérieuse et sainte affinité qui permet à leurs âmes de s'étendre alors même que les paroles expirent sur leurs lèvres. Il y eut cependant un moment où, pressant le bras de madame de Villepré, la jeune fille lui dit tout bas :

— Me pardonnez-vous, chère maman, de vous avoir caché mes projets? Je craignais l'opposition qu'y mettrait votre tendresse; c'est pourquoi je n'ai voulu vous en instruire que lorsqu'ils auraient reçu leur accomplissement.

— Je comprends tes motifs, ma fille chérie, et je ne saurais les blâmer, puisque j'y vois une nouvelle preuve de ton dévouement. Peut-être si j'avais connu le sacrifice que tu méditais, je n'aurais pas trouvé en moi le courage d'y consentir, et cependant...

Madame de Villepré se tut, mais Valérie reprit :

— Et cependant peut-être vaut-il mieux qu'il en soit ainsi; n'était-ce pas là votre pensée, dit-elle en fixant sur sa mère un regard sérieux et doux. Il se peut que vous ne vous trompiez pas, ma bonne mère ; néanmoins il m'en coûte de renoncer en un jour et à M. de Rancey et à la haute opinion que j'avais de lui.

* — C'est parce que je comprends ce sentiment, chère enfant, que je ne voulais pas y faire allusion ; pourquoi m'as-tu si bien comprise ?

— Parce que mon propre cœur était d'accord avec le vôtre, chère maman ; mais cette conviction, quoique douloureuse en ce moment, me laisse au moins la consolation de penser que ma décision n'a pas rendu M. de Rancey complètement malheureux.

Madame de Villepré et sa fille arrivaient au terme de leur course au moment où Valérie prononçait ces mots. Elles entrèrent dans la modeste église où elles venaient chaque matin épancher leur âme en présence de Dieu, et, se prosternant, elles l'invoquèrent avec ferveur. Valérie, en descendant au fond de son âme, n'y trouvait que cette paix profonde, ce calme indicible, résultat assuré d'un sacrifice courageusement accompli. Tant que M. de Rancey ignorait sa résolution, elle s'était sentie souvent inquiète, agitée ; aujourd'hui toutes ses incertitudes avaient cessé. Convaincue qu'elle n'avait renoncé à ses projets d'avenir que pour assurer le bonheur de ses parents, elle comprit que son but serait manqué s'ils la voyaient triste et chagrine, et elle se proposa fermement de ne donner accès dans son cœur à aucune pensée que sa mère ne pût

lire sur son front. Nul regret exagéré ne se présenta à
son esprit; elle ne se dit pas que tout espoir de bonheur
en ce monde était perdu pour elle. Sans doute il lui eût
été doux d'accepter de la main de ses parents l'époux
qu'ils lui avaient choisi, elle eût aimé le foyer tranquille
où elle s'était souvent représentée assise entre son père,
sa mère et son mari, partageant entre eux ses soins et sa
tendresse; mais sa confiance en la bonté divine lui appre-
nait que, sans nul doute, Dieu, en lui demandant d'effacer
de son esprit toutes ces pensées, n'agissait que pour son
bien.

— Mon Dieu, disait-elle, vous êtes un bon père, et,
peut-être, en éloignant de moi ce mariage, m'épargnez-
vous de grands chagrins. Combien j'aurais souffert, si
M. de Rancey n'eût pas été pour mes parents le fils dévoué
et tendre qu'ils espéraient trouver en lui! Et d'après la
manière dont il a agi, n'est-il pas permis de douter de son
cœur? Soyez donc béni, Seigneur, de m'avoir épargné
une épreuve qui eût été au-dessus de mes forces, et faites
que je m'applique de tout mon pouvoir à accomplir la tâche que vous m'imposez, celle de consacrer tous les instants de ma vie au bonheur de mon père et de ma mère,
tâche facile d'ailleurs, et si bien en harmonie avec les désirs de mon propre cœur!

Une heure après, lorsque la famille fut de nouveau
réunie autour de son pauvre foyer, M. et madame de Vil-

lepré purent se réjouir en voyant la douce sérénité répandue sur tous les traits de leur fille. Sans doute ce n'était pas de la gaîté, mais cette dernière disposition se trouvait incompatible avec toutes les épreuves qui les accablaient depuis long-temps. La confiance, l'intimité, ces trésors de la vie d'intérieur se rétablirent entre Valérie et ses parents avec d'autant plus de force, que depuis quelque temps ils étaient privés du bonheur de penser tout haut, chacun étant occupé d'un sujet qu'il cherchait à cacher aux autres. Dans l'amour, dans la tendresse de ses parents, Valérie trouva une douce récompense au sacrifice que chaque jour elle s'applaudissait d'avoir consommé.

— Comment aurions-nous pu vivre privés de ta présence? lui disaient souvent. M. et madame de Villepré.

Et ces simples paroles inondaient de la joie la plus pure le cœur de la jeune fille.

Six mois plus tard, un journal anglais, dans lequel se trouvait un compte rendu des naissances, mariages, décès, annonçait que M. Maurice de Rancey venait d'épouser, à New-York, Miss Emilie Smith, fille unique d'un des plus riches négociants de la ville. La lecture de cet article, en prouvant d'une manière irrécusable, l'inconstance d'un cœur capable d'oublier si vite une famille qu'il prétendait chérir comme la sienne, ne produisit sur M. et mesdames de Villepré, que l'émotion provenant de la pitié que leur inspirait des sentiments aussi passagers et aussi frivoles.

— Je bénis Dieu, ma chère enfant, disait madame de Villepré à Valérie, de t'avoir fait échapper au malheur d'une union mal assortie. On ne saurait estimer ou respecter la faiblesse, la petitesse d'esprit, et que n'aurais-tu pas souffert, s'il t'avait fallu renoncer à toute considération pour ton mari?

— J'aurais effectivement été profondément malheureuse, chère maman, répondit la jeune fille, et je remercie avec vous le Seigneur qui, au lieu de toutes ces peines, m'a laissé près de vous le calme et le bonheur.

VII

UNE ENFANT GATÉE.

Quittons maintenant pour quelque temps l'humble retraite de la famille de Villepré, et transportons-nous en
un lieu tout différent. Entre cour et jardin, dans une rue
calme et peu fréquentée du faubourg Saint-Germain, se
trouvait un hôtel habité par le général de Beaulieu. La
grandeur de cette habitation imposait au premier aspect,
mais, en l'examinant de plus près, on ne pouvait se défendre d'un sentiment de tristesse. L'herbe croissait dans
la cour et dans les allées du jardin ; la porte principale

de l'hôtel était condamnée, et on n'y entrait que par une
petite porte pratiquée à l'un des angles du mur de clô-
ture; enfin toutes les fenêtres et les volets du rez-de-
chaussée et du premier étage étaient hermétiquement et
constamment closes. On comprenait que la mort avait
passé par là, et rendu cette maison trop vaste pour ceux
qui l'habitaient.

En effet, veuf depuis deux ans, le général de Beaulieu
demeurait presque isolé dans son vaste hôtel avec sa fille
unique, Mathilde, âgée de six ans. Il avait aimé sa femme
de la tendresse la plus vive et la plus profonde, et au
bout de deux années ses regrets étaient aussi sincères,
aussi réels qu'au premier jour où il l'avait perdue. Enne-
mis de toute exagération, même dans la forme et l'expression, nous nous sommes abstenus de dire que son chagrin
fut encore aussi vif qu'au moment où il se vit arracher
par la mort une épouse si tendrement chérie, non une pa-
reille puissance de sentiments n'est pas donnée à notre
faible humanité. Mais si, quelques années après la perte
d'un objet chéri, les yeux ne versent plus des larmes
aussi brûlantes, si la douleur poignante qui déchirait le
cœur a perdu de son amertume et de sa violence, elle n'a
rien perdu pour cela de sa profondeur et de son intensité
pour ceux qui ont véritablement aimé. Demandez à la
mère dont l'enfant est allé prendre place au rang des an-
ges, demandez au fils qui dut accompagner à sa dernière

demeure un père vénéré et chéri, demandez leur si, parce qu'ils ne pleurent plus, ils sont pour cela consolés ! Non, un souvenir douloureux demeure à jamais imprégné au fond de leur âme ; le sentiment est le même, l'impression seule a varié.

La reconnaissance a suffi pour faire à jamais regretter au général l'épouse qu'il avait perdue. Madame de Beaulieu réunissait toutes les qualités qui contribuent à fonder le bonheur intérieur. Agée de dix-sept ans lorsqu'elle épousa le général, qui, à cette époque, en avait trente-six, on eût pu croire qu'une aussi grande différence d'âge amènerait avec elle une diversité de goûts et d'habitudes si préjudiciables à la paix domestique. Mais il n'en fut pas ainsi. Bien différentes de tant de jeunes filles qui, en se mariant à cet âge, n'entrevoient dans le mariage que le plaisir de sortir seules ou de porter un cachemire et des dentelles, madame de Beaulieu, en contractant le plus saint comme aussi le plus sérieux de tous les engagements, avait réfléchi mûrement aux devoirs qu'il entraînait avec lui, et était décidée à les remplir dans toute leur étendue. La carrière de M. de Beaulieu, faite à une époque où la gloire s'obtenait vite parce que les occasions de l'acquérir se présentaient chaque jour, avait été rapide et brillante ; mais elle lui coûtait de nombreuses blessures, et, quoique jeune encore, il dut, à l'époque de son mariage, prendre un repos que sa santé rendait

absolument nécessaire. Les soins de sa jeune femme, l'affection, le bonheur dont elle l'entoura ne tardèrent pas à
lui rendre la santé, sans lui permettre toutefois de mener
une vie brillante et dissipée à laquelle entraînent souvent
une belle position et une grande fortune. Jamais madame
de Beaulieu ne voulut consentir à paraître dans un monde
où son mari ne pouvait la conduire, et toutes les instances qui lui furent faites à cet égard échouèrent contre
une inébranlable résolution. Si le général ne se sentait
aucun goût pour les bals et les fêtes, en revanche il aimait les réunions intimes ; aussi grâce aux efforts de sa
femme, une société agréable et choisie se réunissait-elle
tous les mardi dans les salons de l'hôtel. Madame de Beaulieu n'ignorait pas combien il est difficile de réunir du
monde lorsqu'on ne peut soi-même accepter les invita-
tions qui vous sont faites ; mais son mari avait de bons
et nombreux amis, et elle les reçut avec tant de grâce et
d'amabilité, elle fit tant d'efforts pour rendre sa maison
agréable que ses tentatives furent couronnées d'un plein
succès. Aiusi, M. de Beaulieu trouvait, sans être obligé de
la chercher au dehors, une société dont ses habitudes lui
avaient fait un besoin, et sa femme ne tarda pas à comprendre combien ces réunions intimes étaient préférables
aux plaisirs vains et frivoles qu'offrent ordinairement les
grandes assemblées du monde. Aussi lorsque le général,
entièrement rétabli, lui proposa de la conduire partout

où il lui plairait d'aller, elle le supplia à mains jointes
de continuer le genre de vie où jusque-là elle avait trouvé
le bonheur. Elle était mère d'ailleurs, et n'eût pu trouver le plaisir véritable loin du berceau de sa petite
Mathilde.

Tant de sagesse, tant de raison unie à un esprit aimable et orné, à un caractère égal et à toutes les qualités du
cœur rendaient chaque jour madame de Beaulieu plus
chère à son mari ; aussi comprendra-t-on facilement son
désespoir lorsque la mort vint rompre une union si parfaitement heureuse. Pendant plusieurs jours on craignit
pour la raison de l'infortuné dont la douleur était d'autant plus effrayante qu'elle ne se trahissait par aucune
larme, par aucun signe extérieur. Ce ne fut qu'au bout
de trois jours, lorsqu'on lui présenta sa fille, qu'il sortit
de sa stupeur, et que, prenant dans ses bras la pauvre petite orpheline, il put enfin pleurer !

O mon enfant, s'écriait-il à travers ses sanglots, je ne
dois pas mourir, puisque tu me restes. Il faut que je
remplace l'admirable mère que tu as perdue ; puisse le
Seigneur m'accorder les forces nécessaires pour remplir
une semblable mission !

A dater de ce moment le malheureux père ne vécut plus
que pour sa fille, âgée alors de quatre ans. Il fit placer
son petit lit près du sien, et quand l'amertume de ses
souvenirs chassait le sommeil de sa couche, sa seule

consolation consistait à regarder le calme et le repos de sa fille endormie. Il épiait son réveil pour la prendre dans ses bras et la couvrir de caresses ; attentif à ses moindres désirs, à peine formait-elle un vœu que déjà il se trouvait accompli.

— Pauvre enfant ! disait-il souvent, ne faut-il pas la dédommager de l'amour de sa mère dont elle ne jouira jamais.

L'excès de sa tendresse égara le général dans la route qu'il suivit à l'égard de sa fille. Il lui passait toutes ses fantaisies, ses caprices étaient des ordres pour lui, jamais il ne lui adressa un mot ou un regard sévère. Six mois après la mort de sa mère, il donna à Mathilde une gouvernante. Cette femme, habituée aux enfants, en ayant déjà élevé plusieurs, ne put voir sans effroi la fausse direction que M. de Beaulieu donnait à l'éducation de sa fille. Pleine de droiture et de conscience, il lui parut impossible de s'associer à une œuvre semblable, elle hasarda quelques observations, le général en fut mécontent et la congédia. Le motif de son expulsion ne tarda pas à être connu, et la gouvernante choisie pour la remplacer se promit bien de ne contrecarrer en rien les vues d'un père aveuglé.

Mathilde fut donc confiée à une femme frivole, ignorante, intéressée ; mais, malgré toute sa souplesse et sa coupable indulgence, comme la petite fille avait les gou-

vernantes en horreur, et que, dans un âge aussi tendre,
elle savait déjà que son père se faisait une loi de ses désirs, mademoiselle Rosalie ne tarda pas à quitter l'hôtel
à son tour. Plusieurs institutrices lui succédèrent, sans
qu'aucune d'elles pût rester au-delà de trois mois, et mademoiselle de Beaulieu ne retirait de ces perpétuels changements d'autre avantage que celui de prendre de cha-
cune de ses gouvernantes quelque nouveau défaut.
Violente, emportée, paresseuse, on ne pouvait remarquer
en elle qu'une qualité, la sincérité. Mais malheureusement l'indulgence de son père était parvenue à altérer
même cette vertu demeurée seule au milieu de tant de
défaut. L'enfant savait si bien qu'en avouant un tort, elle
ne recevait pas la plus légère réprimande, et que dans
l'admiration de l'ingénuité de sa fille, le général oubliait
tout motif de mécontentement, qu'elle s'abandonnait sans
crainte à ses colères, à ses caprices, à sa paresse, et si
quelqu'une de ses gouvernantes, plus consciencieuse
ou moins facile la menaçait d'en parler à M. de Beaulieu :

— Je n'ai pas besoin de vous pour cela, répondait la
petite impertinente; je le dirai moi-même à papa, et il
ne me grondera pas. Au contraire, c'est vous qui serez
grondée pour m'avoir mise en pénitence.

Et l'événement ne tardait pas à justifier la prédiction.
Hélas! il arrivait souvent que la gouvernante, justement

mécontente et blessée, perdait patience, et quittait le
poste où elle ne rencontrait, dans l'accomplissement de
ses devoirs, qu'amertume et dégoût.

Cette scène se renouvelait pour la trentième fois peut-
être, le matin du jour où nous introduisons nos lecteurs
à l'hôtel de Beaulieu, et le général commençait à s'en
lasser un peu, se demandant s'il ne s'était pas trompé
en témoignant à sa fille une indulgence aussi aveugle, et
s'il ne préparait pas ainsi le malheur d'une enfant qui
lui était si chère. Assis dans son cabinet de travail, dont
les fenêtres, donnant sur le jardin, lui permettait de suivre du regard Mathilde, jouant sur la pelouse, il se livrait
aux réflexions les plus tristes.

— Pauvre Louise! se disait-il intérieurement, en te
perdant j'ai tout perdu! J'ai voulu te remplacer auprès
de l'enfant que tu m'avais laissé, et je ne me suis pas
trouvé à la hauteur d'une telle mission! J'ai mal dirigé,
mal entouré son enfance, je n'ai pas su aimer ma fille,
et aujourd'hui, ayant pris l'habitude de la gâter, où trou-
verai-je la force nécessaire pour m'armer à son égard
d'une sévérité qui me paraîtrait de la rigueur? Que faire?
quel moyen employer? Si au moins je pouvais décider
madame Ricard à ne pas abandonner Mathilde! C'est
une femme éclairée, douce, expérimentée, elle me con-
viendrait mieux que toute autre, si elle consentait à me
seconder dans la réforme que je projette pour l'éducation

de ma fille. Allons ! je vais essayer de la faire renoncer à
la résolution si ferme où elle paraissait être tout à l'heure
de me quitter.

Le général se levait pour sonner un de ses domestiques,
et lui donner l'ordre de prier, de sa part, madame Ricard
de passer dans son cabinet, mais il s'arrêta en entendant
la voix de cette dame, parlant à sa fille dans le jardin. Il
se disposa alors à descendre lui-même pour aller les rejoindre, lorsque le ton impertinent dont Mathilde répondit à son institutrice, fixa son attention, et lui inspira le
désir d'écouter la conversation.

— Mettez votre chapeau, Mathilde, disait la gouvernante, je vous ai défendu bien souvent de sortir nu-
tête.

— Je ne veux pas, répliqua la petite fille.

— Vous savez que je ne souffrirais pas de semblables réponses, ainsi, je vous le répète, mettez votre chapeau.

— Je n'ai pas besoin de vous obéir, dit Mathilde, car
je sais bien que vous partez dans quinze jours.

— Cela n'empêche pas que vous m'obéirez jusqu'au
moment où je sortirai de la maison; je vous dois mes
soins, et ne puis vous dispenser de remplir vos devoirs
vis-à-vis de moi. Mais, dites-moi, Mathilde, comment savez-vous que je vous quitte ? Je n'ai mis personne dans

ma confidence, et n'ai parlé de ma résolution qu'à M. votre père ce matin.

— Oui, mais je me suis doutée, quand je vous ai vue descendre dans le cabinet de papa, que vous alliez vous plaindre de moi ; alors j'ai été écouter à la porte, et je sais tout ce qui s'est passé.

— C'est un grand tort que vous avez eu là, mon enfant, dit madame Ricard, l'indiscrétion n'est pas seulement blâmable, c'est encore un défaut honteux. Si vous eussiez été surprise par votre père ou par moi, vous eussiez certainement été punie sévèrement ; mais, par considération pour la franchise de votre aveu, je me contenterai d'abréger votre récréation d'un quart-d'heure. Rentrez donc avec moi sur-le-champ, car il est midi moins un quart.

— Je ne rentrerai pas ! cria l'enfant en frappant du pied avec violence. Papa ne m'aurait pas punie, j'en suis sûre, et pour vous, vous n'en avez plus le droit !

— C'est ce qui vous trompe, ma fille, dit alors le général, qui, ayant entendu ce qui se passait, descendait pour mettre fin à cette scène inconvenante. Votre institutrice a toute autorité sur vous, jusqu'au moment où elle y renoncera volontairement, et il ne dépendra que d'elle, que ce moment n'arrive pas.

Puis se tournant vers madame Ricard :

— Pardonnez-moi, madame, ajouta-t-il, si dans notre conversation, il m'est échappé quelque parole qui ait pu vous blesser, et motiver le désir que vous m'avez exprimé d'abandonner une éducation qui ne vous a offert jusqu'à ce moment que des désagréments sans cesse renouvelés. Aveuglé par ma tendrese pour ma fille, j'ai dirigé son enfance dans une voie mauvaise; j'ai eu tort, je le sens aujourd'hui, et si vous voulez continuer à me seconder, je joindrai tous mes efforts aux vôtres, afin de réparer, s'il se peut, un mal causée par trop d'indulgence.

Surprise autant que charmée, l'institutrice accéda, quoiqu'à regret, à la prière de M. de Beaulieu.

— Quant à vous, Mathilde, dit alors le général en s'adressant à sa fille qui, inaccoutumée à un langage aussi sévère, n'ausait crier, et se contentait de pleurer silencieusement dans un coin, souvenez-vous que j'exige que vous témoigniez à madame Ricard le plus parfait respect et une entière obéissance. Demandez-lui pardon sur-le-champ de votre impertinence, qui m'a vivement affligé.

Le général, autant par le chagrin que lui inspirait la conduite de sa fille, que par la violence qu'il se faisait pour paraître sévère envers elle, ne put prononcer ces dernières paroles sans émotion. Mathilde s'en aperçut, et comme elle avait un bon cœur, et qu'elle aimait tendrement son père, elle se soumit de bonne grâce à ce qu'on exigeait d'elle. La bonne madame Ricard l'embrassa tendrement, et le passé fut oublié.

Valérie.   5

Les choses allèrent assez bien pendant une quinzaine
de jours, mais, au bout de ce temps, Mathilde tomba
malade. La rougeole se déclara, et quoiqu'elle fût de l'es-
pèce la plus bénigne, les inquiétudes de son malheureux
père ne connurent point de bornes. Jour et nuit il demeurait assis au chevet du lit de la malade, ne prenant
point de sommeil, et à peine de nourriture. Cette maladie, sans danger, lorsqu'elle n'est pas accompagnée de
caractères qui lui donnent de la gravité, exige néanmoins
les plus grandes précautions, précautions qui s'étendent
sur tout le temps de la convalescence. Ne sachant pas
supporter la moindre contrariété, le plus léger assujet-
tissement, l'enfant fut un vrai sujet de tourment pour les
personnes obligées de la soigner. Elle ne voulait ni boire,
ni tenir ses bras dans son lit, demandait à grands cris à
se lever et à manger, et plus d'une fois, sans les sages re-
présentations de madame Ricard, le général aurait cédé
à ces supplications insensées. Enfin Mathilde se rétablit
complètement, et put reprendre sa vie habituelle. La joie
de son père fut immense, le danger imaginaire auquel
il croyait sa fille échappée avait exalté encore l'amour
qu'il portait à cette enfant, et, dans les premiers moments
de son rétablissement, il oublia entièrement les bonnes
et utiles résolutions qu'il formait quelques semaines auparavant. Mathilde s'aperçut bien vite de ce relâchement
et s'empressa d'en profiter. Ses défauts reparurent avec

plus de force que jamais ; madame Ricard se permit de
faire remarquer au général combien il négligeait ses projets de réforme ; M. de Beaulieu la taxa de sévérité ou-
trée, et l'institutrice quitta définitivement la maison.

Dégoûté, ennuyé de changements perpétuels, le général voulut essayer de se charger lui-même de l'éducation
de sa fille ; mais il ne tarda pas à reconnaître qu'une enfant de six ans demandait les soins et la surveillance
d'une femme. Ne sachant à quoi se résoudre, et voulant
cependant en finir, il s'arrêta au projet de mettre Mathilde en demi-pension.

On pense bien que ce parti dut coûter prodigieusement
à M. de Beaulieu. L'idée que Mathilde passerait ses
journées entières loin de lui le désolait, et il ne se décida
à un semblable sacrifice que parce qu'il lui parut impossible de l'éviter. Il visita successivement plusieurs éta-
blissements bien tenus, bien soignés, mais dont les direc-
trices, femmes respectables et éclairées, ne voulurent
point accorder tous les adoucissements exigés par une
tendresse mal entendue. A force de recherches cependant,
il trouva ce qu'il lui fallait : une femme artificieuse et
intéressée, qui démêla promptement la faiblesse d'un père aveuglé, et promit tout ce qu'il voulut. Le résultat d'un
pareil choix est facile à prévoir. Non-seulement Mathilde
conserva tous ses défauts ; non-seulement elle n'apprit
rien, mais se trouvait toute la journée en contact avec

5.

des enfants mal élevés ; elle joignit à tant d'autres travers des manières et un ton détestables. Désolé de voir
tous ses efforts pour le bien de sa fille demeurer sans
succès, le général ne savait plus à quel parti s'arrêter, et
chaque jour voyait s'augmenter sa tristesse et ses regrets
d'avoir perdu l'épouse qui faisait le charme et la consolation de sa vie, et dont la tendresse prudente et éclairée
eût été si nécessaire au bonheur de leur enfant.

Parmi les rares relations que M. de Beaulieu avait con-
servées et auxquelles il portait un sincère attachement, se
trouvait le vénérable abbé Gerval, que nos lecteurs ont
eu plus d'une fois déjà l'occasion de connaître et d'appré-
cier. A l'époque de la mort de madame de Beaulieu, l'abbé, justement effrayé des suites déplorables que pourrait
entraîner la faiblesse du général envers sa fille, avait fait
à celle-ci quelques observations, pleines de sagesse, mais
qui furent fort mal reçues. L'abbé Gerval garda le silence, mais ce silence même parut une désapprobation à
M. de Beaulieu, qui témoigna à son ami une sorte de
froideur et d'indifférence, à la suite de laquelle, tout en
continuant de s'aimer tendrement, ils se virent beaucoup
moins fréquemment. Mais depuis que le général avait
reconnu la justesse des prédictions de l'abbé Gerval, il
s'était insensiblement rapproché de son ancien ami, et
ne lui cachait pas combien il regrettait de n'avoir pas
suivi ces excellents conseils. Aussi lorsqu'il se vit forcé

de retirer Mathilde de l'internat où il l'avait placée, et qu'il se trouva à bout de ressources, s'empressa-t-il d'écrire à l'abbé Gerval.

— Mon cher ami, lui disait-il, je n'ai plus d'espoir qu'en vous. Si vous ne me venez en aide dans les circonstancessi pénibles où je me trouve, je ne saurai véritablement que devenir. Je vous attendrai demain pour déjeuner, nous causerons, et j'espère que, grâce à vos lumières, nous trouverons un moyen de concilier mes devoirs avec ma tendresse.

L'abbé Gerval promit de se rendre à l'invitation du général, et, sincèrement affecté des peines de son ami, il ne se coucha pas sans demander au Seigneur de lui inspirer quelque bonne pensée qui pût être utile au père et à l'enfant. Dieu exauça sa prière, car tout-à-coup une idée vint traverser l'esprit du bon prêtre, idée confuse d'abord, mais qui fit battre son cœur avec violence, par l'espoir qu'elle lui donna de rendre service à tous ceux qu'il aimait. Valérie ne pouvait-elle se charger de l'éducation de Mathilde? Si la tache était difficile, elle renfermait aussi un moyen de diminuer la misère de ses parents, et pour atteindre un semblable but, la noble fille n'hésiterait pas à l'accepter. Cinq années s'étaient écoulées depuis les événements dont nous avons fait le récit à nos lecteurs, et mademoiselle de Villepré, âgée seulement de vingt-quatre ans, joignait à une piété solide, à

une instruction sérieuse toutes les qualités propres à re-
dresser l'esprit et le caractère de son élève. D'ailleurs,
madame de Villepré serait là pour guider sa fille, et en
voyant la direction qu'elle avait donnée à Valérie, on
comprendrait facilement la valeur et l'importance de ses
conseils. Mais comment s'y prendre pour décider le général à confier entièrement sa fille aux soins de ces dames? car Valérie était beaucoup trop jeune pour pouvoir
entrer chez lui en qualité d'institutrice? Le bon abbé se
coucha, le cœur rempli d'espérance et de crainte, et ses
projets le préoccupèrent si vivement durant la nuit entière, qu'il lui fut impossible de trouver un moment de
repos. Il se leva de meilleure heure qu'à l'ordinaire, et
en offrant le divin sacrifice, il pria ardemment le Seigneur de répandre sa bénédiction sainte sur les vœux
qu'il formait. Puis il prit le chemin de l'hôtel de Beaulieu, le cœur tranquille et rempli d'une confiante sécurité.

M. de Beaulieu attendait avec impatience son vieil
ami. Un instant après son arrivée, on servit le déjeuner.
Après y avoir fait un très-médiocre honneur, le général
conduisit l'abbé dans un cabinet. Ils s'installèrent
dans de beau fauteuils au coin d'une cheminée où pétil-
lait un feu vif et ardent, et M. de beaulieu, prenant la
parole, raconta tous ses tourments, toutes ses inquiétudes.

— Je vous le répète, mon cher abbé, ajout-a-il en terminant, je n'ai plus d'espoir qu'en vos conseils et vos lumières ; si vous me manquez, je ne sais plus à qui m'adresser.

— J'ai bien pensé à vous depuis la réception de votre billet, repartit l'abbé Gerval d'une voix que l'émotion rendait tremblante, et peut-être ai-je trouvé un remède à vos tourments. Mais mon plan, si vous l'adoptez, exigera de vous de cruels sacrifices, et je n'ose...

— Parlez, parlez, je vous en conjure, s'écria le général. J'ai abjuré pour toujours une fausse et aveugle tendresse, et désormais rien ne me coûtera pour remplir dignement la mission que m'impose le titre de père.

Encouragé par ces paroles, le vénérable ecclésiastique exposa ses idées au général. Il lui raconta succintement l'histoire de la famille de Villepré, en omettant toutefois ce qui concernait Edmond, lui fit une peinture fidèle et touchante de la résignation, du courage, de l'union de ces trois personnes. Il ajouta à ces détails le récit du dévouement filial de Valérie, s'étendit longuement sur tout ce qu'il savait des belles et nobles qualités de la jeune fille, et dit en terminant son long monologue que le général avait écouté sans l'interrompre une seule fois :

— J'ai pensé que mademoiselle de Villepré serait véritablement capable d'entreprendre l'éducation de Mathilde, que les défauts et les travers de cette pauvre pe-

tite cèderaient à l'exemple constant et soutenu des vertus
les plus rares et les plus aimables. J'ai pensé que celle
qui a su comprendre et pratiquer l'amour filial jusqu'à
lui sacrifier l'union où elle espérait trouver le bonheur
de sa vie entière, saurait le développer dans le cœur de
son élève de manière à faire comprendre à votre enfant
que tout le bonheur que vous pouvez désormais espérer
ici-bas ne dépent que d'elle seule, et que nul effort ne
doit lui coûter quand il s'agit de vous plaire et de vous
obéir. J'ai pensé enfin que si, en confiant Mathilde à mademoiselle de Villepré, vous accomplissiez un acte dont
les conséquences seront inappréciables dans la suite,
cette interressante famille y trouverait en même temps
un allégement à de longues et cruelles douleurs. Réfléchissez, mon cher général, pesez bien toutes ces considérations, et croyez surtout que mes conseils ne sont dictés
que par la plus sincère amitié.

— Je le sais, je le sais, mon digne ami, répondit M. de
Beaulieu, en pressant affectueusement entre ses mains
les mains de l'abbé Gerval. J'étais bien sûr que vous
trouveriez un moyen de me tirer du cruel embaras où je
me suis placé, et je crois que mon empressement à suivre vos avis sera la meilleure preuve que je puisse vous
donner de ma reconnaissance. Mais dites-moi, vous êtes
vous assuré du consentement de mademoiselle de Villepré et de sa famille?

— Pas encore, repartit l'abbé, mais, ainsi que je vous l'ai dit, je ne doute pas que mademoiselle Valérie n'accepte une proposition qui lui imposera, il est vrai, une tâche pénible et difficile, mais lui offrira en même temps un moyen d'améliorer le sort de ses parents.

— Voyez donc la famille de Villepré, mon ami, dit alors le général, et soyez sûr que je ratifierai tous les arrangemeuts pécuniaires que vous jugerez convenable de prendre. Je désire seulement ne pas me séparer complètement de ma fille; ainsi je commencerai par l'envoyer passer la journée chez mademoiselle de Villepré, d'où elle reviendra chaque soir dîner et coucher ici. Si je vois qu'un grand sacrifice devient nécessaire, eh bien! je m'y déciderai plus tard, mais, pour le moment, permettre à ma faiblesse cette dernière tentatative.

— Peut-être eût-il été plus sage, observa l'abbé, de remettre entièrement Mathilde aux mains de son institutrice; mais je comprends que vous ne puissiez vous décider qu'à la dernière extremité à une semblable sépation; ainsi assayons d'abord du terme moyen que vous me proposez. Quant aux arrangements pécuniers dont vous me parler, veuillez les fixer vous-même, car je ne saurais les prendre sous ma responsabilité.

— Offrez à mademoiselle de Villepré une pension de deux mille francs pour les soins qu'elle voudra bien ac-

corder à ma fille. Pensez-vous que ce soit une somme
convenable?

— Elle est digne de votre générosité, mon ami, et sera,
je n'en doute pas, acceptée avec reconnaissance. Je vais
de ce pas, m'entendre avec mademoiselle Villepré et sa
famille, et j'espère vous apporter ce soir une réponse sa-
tisfaisante.

Ainsi que nous l'avons dit déjà, cinq années s'étaient
écoulées depuis le jour où nous avons fait faire, à nos
lecteurs connaissance avec la famille de Villepré. Pendant ce temps aucune nouvelle d'Edmond n'était venue
réjouir le cœur de ses malheureux parents. Ils trouvaient
dans la prière, dans une ferme et confiante résignation
la seule consolation qui leur resta dans une aussi cruelle
épreuve. Jamais il ne se passait un jour sans que le
père, la mère et la fille, prosternés aux pieds du Seigneur, ne fissent monter vers le trône du Très-Haut
leurs ardentes supplications pour la brebis égarée, et une
voix intime et secrète semblait leur promettre que leurs
prières seraient exaucées. Mais quand viendra ce moment bienheureux? Dieu seul le savait, et si l'attente
paraissait parfois bien longue à des cœurs aussi tendres,
du moins ne s'abandonnèrent-ils jamais au désespoir, à la
défiance. Leurs larmes, il est vrai, étaient bien amères,
leur douleur ne peut être comprise que de ceux qui ont
éprouvé eux-mêmes ce que c'est que de trembler pour le

— En ce cas, j'accepte, s'écria mademoiselle de Ville-pré avec vivacité. Avec l'aide et les conseils de ma mère, j'espère remplir dignement la mission qui me sera confiée. Je demande seulement quelques jours pour me préparer à une œuvre que je considère comme très-importante, pour réfléchir à mes nouveaux devoirs, à la responsabilité qui va peser sur moi.

— Cette demande, repartit l'abbé, sera la meilleure garantie que je puisse donner au général des soins qui seront accordés à sa fille. Et c'est parce que je vous connais, ma chère enfant, ajouta t-il avec émotion, parce que j'apprécie toutes les qualités de votre cœur et de votre esprit, que j'ai parlé de vous à mon vieil ami. S'il en eût été autrement, même mon affection pour vous, quelque sincère qu'elle soit, ne m'aurait pas permis de faire une chose que ma conscience eût désapprouvée, en conseillant à M. de Beaulieu de remettre sa fille en des mains incapables.

Après que l'on eut longuement exprimé au bon abbé toute la reconnaissance que ce nouveau bienfait ajoutait à tant de sentiments déjà si forts et si profonds, on discuta la manière de mettre à exécution des projets dont tout le monde était vivement préoccupé.

On ne pouvait songer à recevoir mademoiselle de Beaulieu dans le logement où habitait en ce moment la famille de Villepré, la distance d'ailleurs était trop grande

pour que la petite fille pût la franchir tous les jours. Il
fut donc convenu que l'abbé chercherait dans le voisinage
de M. de Beaulieu un appartement modeste mais convenable, et que l'on s'y installerait sur le-champ. Après
une conférence qui dura plus de cinq heures, le digne
ecclésiastique se retira le cœur léger et joyeux, et se hâta
d'aller porter au général la nouvelle de la réussite de ses
projets. En apprenant que les arrangements convenus
imposaient à la famille de Villepré la nécessité d'un dé-
ménagement, M. de Beaulieu insista pour être de moitié
dans les frais qui allaient en résulter.

— Ce sera d'autant plus facile, dit-il à l'abbé Gerval, que c'est vous qui êtes chargé de chercher un appartement. Vous n'accuserez donc que la moitié du
prix qui vous sera demandé, cela évitera toute contes-
tation.

— Je ne saurais assez vous remercier, mon cher général de toutes vos bontés. J'ai confiance que vous en
retirerez la seule récompense qui soit digne de votre
cœur paternel.

Il était tard, et l'abbé allait se retirer, lorsque le général le rappela.

— Veuillez demander à madame de Villepré, ajouta-
t-il, si elle consentirait à ce que je lui prétasse quelques
meubles. Elle me rendrait un véritable service en accep-
tant, car j'ai beaucoup d'anciens meubles, encore très-

convenables, mais dont je ne me sers pas, et qui s'abî-
ment entièrement faute de soins.

— Je ferai votre commission, répondit l'abbé Gerval,
en serrant une dernière fois la main de son ami ; puis il
s'éloigna définitivement.

L'heure était avancée, et, en regagnant son modeste
domicile, le digne prêtre passa devant un vaste hôtel où
se donnait quelque fête splendide. Une file immense de
voitures stationnait devant la porte cochère, dont les bat-
tants ouverts laissaient voir un vestibule orné de fleurs
et rempli de laquais en riche livrée. Les sons d'un nombreux orchestre frappaient l'oreille du passant, tandis
qu'en s'arrêtant il pouvait voir, à travers les fenêtres,
passer des ombres agitées et fugitives, et qu'à chaque
instant une voiture qui arrivait, déposait au pied de l'escalier des femmes couvertes de fleurs, de diamants et de
dentelles. La joie du monde était là avec ses délices eni-
vrantes, avec son entraînement, sa volupté, ses passions
insatiables ; le bonheur rayonnait sur tous les fronts, le
sourire sur toutes les bouches, mais si on eût pu lire au
fond des cœurs, que d'orages n'y aurait-on pas aperçus !
Et ainsi, tandis qu'en pénétrant dans l'âme de la plupart
de ces enfants du siècle, on n'y eût trouvé que remords,
trouble, inquiétude, angoisse, l'âme du pauvre prêtre,
qui passait inaperçu à côté de cette foule brillante, n'eût
offert à l'œil scrutateur de quiconque eût eu le secret d'y

lire, que des mystères de bonté, de sérénité, de suave et
inaltérable paix. Il n'avait pas, il est vrai, reçu en partage les dons de la fortune, ni l'éclat des dignités et des
grandeurs, mais, en revanche, il possédait cette science
surnaturelle et sublime qui lui faisait dire de tout son
cœur avec le sage : vanité des vanités, tout n'est que vanité, hors aimer Dieu et le servir lui seul ! Plus d'un
membre de cette assemblée folle et joyeuse, de cette fête
magnifique ne devait peut-être emporter que des anxiétés, que de cruels remords ; mais lui, le prêtre modeste
marchait dans la voie qui n'est pas toujours sans labeur,
sans combat et sans lutte, mais où se trouve aussi la
paix et le repos du cœur. Aussi, en passant devant cette
illumination splendide, en entendant cette musique
bruyante, tous ces indices d'une éclatante gaîté, un soupir s'échappa de la poitrine du bon abbé, et sa prière
s'éleva vers le ciel en faveur de ceux qui, pour la plupart
du moins, oubliaient, au milieu d'une dissipation passa-
gère et frivole, leurs intérêts les plus précieux et les plus
sacrés.

Dès le lendemain, fidèle à sa promesse, l'abbé Gerval
se mit à la recherche d'un appartement qui pût convenir
à ses amis. Ses démarches furent couronnées du succès,
il trouva dans la rue du Cherche-Midi, un troisième étage, composé d'un petit salon et de deux chambres à coucher, très-convenable et très-commode. Tout à l'entour,

la vue se reposait sur de charmants jardins qui, en procurant aux habitants de ses appartements une agréable
récréation, rendait la situation très-saine et très aérée.
Madame de Villepré accepta, sans fausse honte, l'offre
qui lui fut faite par l'abbé, au nom du général, de lui
prêter quelques meubles. En très-peu de jours l'apparte·
ment se trouva prêt à recevoir ses hôtes, qui vinrent effectivement s'y installer, sans plus tarder. On conçoit
aisément leur joie et leur satisfaction, après avoir si long-
temps végété dans de tristes et malpropres réduits, de
se voir enfin dans un logement propre, sain et commode.
La perspective d'un avenir meilleur s'entr'ouvrait à leurs
regards, et leurs actions de grâces montaient vers le Seigneur, vives et pénétrées.

Les quelques jours qui s'étaient écoulés entre la proposition que l'abbé Gerval lui avait faite de se charger de
l'éducation de mademoiselle de Beaulieu et celui où nous
trouvons la famille de Villepré installée rue du Cherche-
Midi, furent pour Valérie des jours de recueillement et
de retraite. Uniquement occupée de la pensée des fonctions si graves qui allaient lui être confiées, elle ne cessait d'implorer les lumières divines, et n'interrompait sa
prière fervente et silencieuce que pour mettre sur le papier des idées encore incertaines et sans ordre, mais dont,
avec les conseils de sa mère, elle comptait faire un plan
régulier et suivi. Ce plan, bien entendu, ne regardait

que les études, car pour ce qui regardait le caractère de
son élève, mademoiselle de Villepré ne pouvait en former
aucun ; il lui fallait, avant tout, la connaître, et, par conséquent, l'étudier. Le grand secret de l'éducation morale
est de n'avoir point de plan arrêté, mais de tâcher, par
tous les moyens possibles, d'arriver à la connaissance
intime et approfondie du caractère d'un enfant, et d'appliquer alors, avec discernement et habileté, le remède
propre à corriger les défauts que l'on a découverts. Il est
indubitable que ce genre d'éducation exige infiniment
plus de soin, de surveillance, d'assiduité, qu'il n'en faut
pour imaginer un système que d'ailleurs on n'aurait aucune peine à trouver tout fait, et pour appliquer ensuite
indifféremment à l'enfant violent comme à l'enfant apa-
thique, à la tête faible et légère comme au cœur égoïste
et froid. Mais pour la femme qui veut remplir sérieusement ses devoirs de mère ou d'institutrice, la question
ne réside pas dans le plus ou moins de peine qu'elle se
donnera, mais dans le résultat plus ou moins favorable
que ses peines atteindront. Voilà pourquoi nous vous di-
sons, à vous, jeunes filles, aujourd'hui obéissantes et sou-
mises, mais destinées à changer bientôt de cette heureuse condition contre la grande responsabilité de l'autorité maternelle, à vous aussi, jeunes mères que l'expérience n'a pas encore éclairées : étudiez le caractère de
votre enfant, ne le perdez jamais de vue, réfléchissez sur

les dispositions qu'il témoigne, soit au bien, soit au mal, afin de développer les unes et de détruire les autres; tout est là: Surtout que votre élève ne s'aperçoive pas de votre surveillance; c'est en jouant avec lui, que vous devez jeter les premiers fondements du sublïme édifice que vous méditez ; si vous lui inspirez la crainte et la gêne, si vous détruisez la confiance et l'abandon, vous vous ôtez à vous-même tout moyen de salutaire et utile influence.

Ces pensées et mille autres semblables préoccupaient fortement mademoiselle de Villepré, et ce fut avec un violent battement de cœur que, le soir même de leur arrivée dans leur nouveau logement, elle vit entrer le général de Beaulieu et sa fille. L'abbé Gerval les accompagnait. Cette entrevue était bien délicate et bien importante pour Valérie, mais elle s'y comporta avec une aisance, une simplicité, un naturel qui charmèrent le général et lui donnèrent les plus douces espérances, pour le fruit que sa fille retirerait d'un semblable exemple. Du reste sa visite fut courte; on ne pouvait, en présence de Mathilde, parler d'elle et des soins qu'elle réclamait. En s'en allant, M. de Beaulieu dit à Valérie.

— Puisque vous le permettez, mademoiselle, je remettrai, après-demain, ma fille entre vos mains ; d'ici là, j'aurai l'honneur de vous revoir. J'espère et désire de tout mon cœur que Mathilde ne vous donne donc que des sujets de satisfaction ; je suis persuadé qu'elle est, à cet égard, dans les meilleures dispositions. N'est-il pas vrai, mon enfant, ajouta-t-il en se tournant vers sa fille.

La petite fille, nullement enchantée du parti auquel son père s'était arrêté, avait conservé, pendant tout le temps de sa visite, un air contrarié et maussade, que personne ne parut remarquer. La question si positive du général demandait cependant une réponse, elle murmura un oui, peu gracieux et à peine intelligible.

— J'espère, mon enfant, lui dit mademoiselle de Villepré, en souriant et feignant de prendre pour de l'embarras sa mauvaise humeur, j'espère que quand nous nous connaîtrons mieux vous serez moins timide avec moi.

La petite eut bien envie de répliquer quelque impertinence, mais l'air gracieux et doux, et cependant si calme et si digne de sa future institutrice lui imposa. Elle baissa les yeux, garda le silence et rougit.

Aucun détail de cette petite scène n'échappa à l'œil attentif du général, et il sortit de chez M. de Villepré, transporté de joie. Rentré chez lui, il fit coucher Mathilde, puis dès qu'il se vit seul avec l'abbé Gerval, il lui exprima sa reconnaissance avec une vivacité qui charma le digne ecclésiastique. Le lendemain, de bonne heure, il se rendit rue du Cherche-Midi, et une longue conversation s'entama entre lui, madame et mademoiselle de

Villepré. Il ne fut question que de Mathilde, des chagrins que jusque-là elle avait causés à son père, des bonnes dispositions qui cependant de temps en temps se faisaient remarquer encore à travers ses défauts, de la faiblesse déplorable dont elle était si long-temps demeurée l'objet. Le général ne s'épargna point, il n'omit aucun détail qui pût jeter quelque lumière sur le caractère de son enfant, et fit si bien que, lorsqu'il se retira, Mathilde n'était plus une étrangère pour mademoiselle de Villepré.

VIII

UNE INSTITUTRICE. — DÉPART DU GÉNÉRAL. —
LE HERGOSTBERG. — LÉGENDE ALLEMANDE.
— BON EMPLOI DE L'ARGENT.

Nous l'avons dit déjà, les cinq années écoulées depuis
le moment où, pour remplir les devoirs imposés par l'a-
mour filial, Valérie avait accompli un noble et courageux
sacrifice, ne furent point pour elle des années inutiles et
stériles. Pendant les premiers temps qui suivirent le départ de M. de Rancey, mademoiselle de Villepré souffrit
cruellement ; mais ces souffrances mêmes, les efforts
violents qu'il lui fallait faire afin que rien n'en parût au-
dehors, et que la sérénité de son front, en cachant l'angoisse de son cœur, n'inspirât à ses parents ni chagrin ni

inquiétude, donnèrent à son caractère une force et une énergie pour le bien qui s'accroissait et se développait chaque jour. Bien loin de s'abandonner à des regrets inutiles, elle chercha dans le travail, dans l'occupation, mais surtout dans la prière, dans une étude plus approfondie encore de la religion, une consolation à sa douleur. Lorsque le matin, prosternée aux pieds du Seigneur, elle lui promettait une soumission entière à sa divine volonté, une parfaite résignation aux épreuves émanées de son adorable main, ce n'était pas comme il en arrive à tant d'autres, pour oublier ses résolutions dès qu'elle franchissait le seuil de la maison de Dieu. En effet, combien voyons-nous de chrétiens, qui à l'Eglise nous paraissent des saints, dont nous admirons la ferveur, le recueillement, la piété. Mais si le soir du même jour où nous avons été si édifiés par la conduite de ces personnes, nous venons à les rencontrer soit dans le monde, soit dans l'intérieur de leur famille, quel ne sera pas notre étonnement en les voyant frivoles, médisantes, maussades, quelquefois légères et coquettes. Et cependant ces hommes, ces femmes dont nous parlons, se disent chrétiens, se croient pieux et fervents ; ah ! combien ils se trompent ! La piété ne consiste pas dans les actes extérieurs seulement ; ces actes certainement sont indispensables, et vouloir être pieux sans user des moyens de la piété serait une présomption si déplorable et si absurde

qu'il est inutile de chercher à en démontrer la vanité.
Mais peut-être véritablement agréables à Dieu et inutiles
à nous-mêmes, ces actes doivent être accompagnés de
vigilance, de l'habitude de se vaincre, qui nous rendra
bons, indulgents, charitables et détruira en nous cette
funeste négligence par laquelle il semble y avoir en nous
deux êtres tout opposés : l'un parfait dans la théorie,
l'autre insupportable dans la pratique. Savons-nous quel
est le résultat de ce désaccord si commun entre les principes et la conduite ? C'est que les personnes non-chré-
tiennes, irritées et scandalisées de ces contradictions,
jugeant d'ailleurs ceux qui ne pensent pas comme elles
avec toute la sévérité dont ils n'usent point envers elles-
mêmes, attribuent à la piété des torts qu'elle condamne
cependant et réprouve sévèrement. Vous donc, jeune fille,
qui au sein d'une famille indifférente pour Dieu et la religion, avez eu le bonheur d'être éclairée d'une lumière
plus vive, et initiée dans les secrets de l'*Eternelle vérité*,
comprenez bien la mission que cette connaissance vous
impose. On sait que vous êtes pieuse et, avec raison, on
demandera de vous plus que si vous ne l'étiez pas, on
exigera de vous plus de soumission, plus de respect pour
vos parents ; plus de douceur, plus d'affabilité dans les
rapports journaliers et intimes de la famille, plus de modestie, plus de retenue dans ce monde où vous allez entrer et dont vous ignorez la corruption et les vices. Et si

Valérie. 6

vous voulez être réellement chrétienne et pieuse, il vous faut justifier tout ce que l'on attend de vous, autrement votre piété n'est qu'une erreur, une illusion déplorable que Dieu réprouve et punit.

Nos lecteurs nous pardonneront, je l'espère, cette petite digression, résumé d'ailleurs des pensées qui souvent occupaient l'esprit de Valérie. Ainsi que nous le disions tout à l'heure, sa piété, ses facultés morales se développèrent rapidement au creuset d'une épreuve si courageusement supportée. Aussi la nouvelle du mariage de M. de Rancey, en lui démontrant l'instabilité des affections humaines, apporta-t-elle presque un adoucissement à sa douleur. Maurice était heureux, il ne souffrait point du sacrifice qu'elle avait cru devoir l'affliger ; la noble fille se réjouissait dans cette pensée. Si l'on pouvait apercevoir sur son front une légère teinte de mélancolie, on remarquait du moins dans son sourire, dans ses paroles, dans toute sa conduite une sérénité charmante, fruit de cette paix promise aux cœurs de bonne volonté. Tous ceux qui la voyaient se sentaient attirés vers elle par un charme indicible auquel n'échappa point le général de Beaulieu, ainsi que nous l'avons vu déjà, et M. et madame de Villepré bénissaient chaque jour le Seigneur de leur avoir laissé une si grande consolation au milieu de toutes leurs infortunes.

Les premiers temps qui suivirent l'installation de

Mathilde dans la famille de Villepré furent très pénibles pour Valérie. Le caractère difficile de son élève, une ignorance totale des éléments de la religion rendaient la tâche entreprise par mademoiselle de Villepré on ne peut plus ardue. Lorsqu'elle découvrit que Mathilde ne savait pas faire ses prières, et n'avait jamais entendu parler de Dieu, elle ne put s'empêcher d'en témoigner tout son étonnement à son père. Le général, un peu décontenancé, répondit avec tristesse :

— Ma fille a eu le malheur de perdre sa mère au berceau, et un vieux soldat comme moi devait se tromper en toutes choses relativement à son éducation, C'est à vous, mademoiselle à réparer mes torts ; enseignez-lui l'amour et la pratique d'une religion à laquelle vous devez tant de vertus.

— Je le dois et je le ferai, répliqua Valérie, sérieusement et avec émotion. Mais songez au chagrin qu'elle éprouverait si, instruite sur ses devoirs, éclairée dans sa foi, elle devait sur ce point différer d'opinion et de pratique avec son père. J'ai éprouvé cette douleur dans mon enfance, et je n'en connais pas de plus cruelle.

Le général garda le silence, peut-être un peu mécontent. Cependant, le soir, retiré dans sa chambre, les paroles de Valérie se retracèrent à son esprit. Elles lui parurent comme l'écho d'une voix long-temps endormie au fond de son âme, et un premier éclair de conviction vint

6.

traverser son esprit jusqu'alors indifférent pour tout ce qui n'était pas de la terre.

Peu à peu, cependant, la douleur inaltérable de mademoiselle de Villepré, ce charme irrésistible attaché à sa personne, sa raison, sa fermeté lui gagnèrent le cœur de son élève. La pauvre petite n'avait presque que les défauts inséparables de son éducation, fortifiés et enracinés par l'habitude. Lorsqu'elle apprit à connaître Dieu, lorsque Valérie fut parvenue à jeter dans son âme une première étincelle d'amour pour son père si bon et si miséricordieux, un changement imperceptible d'abord, mais présageant néanmoins d'heureux résultats à ceux qui la suivaient d'assez près pour s'en apercevoir, s'opéra dans sa conduite. Elle devint plus silencieuse, plus timide, plus réservée, et, par conséquent, perdit un peu de son impertinence et de sa brusquerie. Le général contemplait cette métamorphose avec un secret ravissement; un jour cependant voyant sa fille plus sérieuse encore que de coutume :

A quoi penses-tu, chère enfant, lui demanda-t il avec tendresse.

— J'ai été à l'église ce matin avec mademoiselle Valérie, répliqua la petite. Elle m'a appris à prier pour vous, papa, et pour ma pauvre maman qui est morte. Pourquoi donc ne venez-vous jamais à la messe avec moi, papa, vous qui me conduisez partout ?

Une violente émotion empêcha d'abord M. de Beaulieu de répondre; puis prenant sa fille sur ses genoux, il la serra contre son cœur et lui dit :

— A l'avenir, mon enfant, ce sera moi qui te conduirai à la messe, et nous prierons ensemble pour ta pauvre mère, si tôt ravie à notre amour.

Hélas ! le général ne devait pas avoir longtemps la possibilité d'exécuter cette bonne résolution.

Un mois après l'incident que nous venons de rapporter, il reçut l'ordre de rentrer au service actif et de prendre le commandement d'un corps d'armée. Long-temps l'amour paternel combattit en lui le désir de la gloire, l'ambition de servir une dernière fois son pays ; enfin ce dernier sentiment l'emporta. M. de Beaulieu était jeune encore, ses talents militaires, son expérience en faisait un des officiers les plus distingués de l'armée, il se sentait capable d'être utile à sa parie, il accepta le commandement dont il fut chargé. Un autre motif encore contribua à le decider. Cette séparation cruelle et douloureuse exercerait peut-être une salutaire influence sur Mathilde, donnerait une secousse plus forte à son cœur déjà ébranlé. Cependant, malgré toutes ces excellentes raisons, lorsqu'il fallut annoncer à sa fille le parti auquel il s'était arrêté, le pauvre père crut un moment que son courage allait l'abandonner. Mathilde aimait tendrement son père, et, en apprenant qu'il allait la quitter pour un an peut-être, son désespoir ne connut point de bornes. Elle se jeta à son cou, éclata en sanglots, et aussitôt qu'elle se sentit la force de parler, elle le supplia avec les instances les plus vives de ne point l'abandonner, de rester à Paris ou de l'emmener avec lui. Le général, attendri, bouleversé, ne savait plus à quel parti s'arrêter ni quelle détermination prendre, et se tournant vers mademoiselle de Villepré chez qui se passait cette scène douloureuse, il la conjura d'essayer de calmer Mathilde.

— Voyez, mademoiselle, s'écria-t-il les larmes aux yeux, voyez si ma pauvre enfant aura le courage de supporter la cruelle séparation qui nous attend. Je remets ma décision entre vos mains ; si Mathilde l'exige, promettez-lui que je lui sacrifierai ma carrière, mes plus glorieuses espérances ; je renonce à tout plutôt que de la savoir trop malheureuse de mon éloignement.

Mademoiselle de Villepré prit alors dans ses bras Mathilde, qui sanglotait toujours, et pendant longtemps elle ne s'occupa qu'à sécher ses larmes en lui adressant les paroles les plus affectueuses et les plus tendres. Près de deux ans s'étaient alors écoulés depuis le moment où l'enfant avait été remise entre ses mains, et Valérie éprouvait pour son élève une affection toute maternelle. De son côté, la petite fille l'aimait tendrement, et ne ressemblait plus guère au portrait que nous avons tracé d'elle. Aussi, docile à la voix de son institutrice, elle re-

prit un peu d'empire sur elle-même, et s'efforça de modé-
rer la violence de sa douleur. Alors, lorsque ces premiers
transports furent un peu calmés, Valérie lui parla long-
temps un langage proportionné à son âge et à son intel-
ligence, fondé cependant sur les principes de la plus sévère raison. Elle lui représenta que puisque son père
paraissait disposé à renoncer à sa carrière, par amour
pour sa fille, il était de son devoir à elle de ne pas profiter d'une semblable générosité.

— Votre père a besoin, ma chère petite, lui disait-elle,
de se distraire, de s'occuper. Quand il reste toute la
journée renfermé dans son hôtel, il est triste et il s'ennuie.
De longtemps encore vous ne pourrez être pour lui une
compagne, une amie ; il faut donc qu'il se livre à la seule
occupation qui ait du charme pour lui. Je sais combien
vous aimez votre bon père, c'est pour cela, ma chère Mathilde, que je suis persuadée que vous ne voudriez pas,
par une douleur déraisonnable, le priver de ce qui est
nécessaire à sa satisfaction et peut-être à sa santé. Pro-
mettez-moi donc que vous aurez du courage, et que ce
sera vous-même qui exhorterez le général à vous quitter.

L'enfant ne répondit rien d'abord, et mademoiselle de
Villepré dut parler longtemps encore avant de la con-
vaincre et de la décider. Elle lui dit que ce serait une
grande joie pour elle que d'écrire à son père et de recevoir
de ses lettres ; que pendant tout le temps que durerait

son absence, elles travailleraient ensemble pour lui, et préparerait une infinité de surprises pour son retour. Mathilde recopierait tous ses extraits d'histoire grecque et romaine dans de beaux cahiers reliés, elle commencerait en secret à apprendre le piano et serait en état, quand le général reviendrait, de lui jouer un joli morceau ; enfin elle lui ferait un beau fauteuil en tapisserie sur lequel il se reposerait en lui faisant les récits les plus intéressants de ses exploits.

L'enfance passe avec une extrême facilité d'une impression à celle qui est le plus directement opposée, et Mathilde, toute entière à la pensée de surprendre son père à son retour, promit de ne plus se livrer à la violente douleur qu'elle avait d'abord ressentie.

C'était d'après le conseil de son père et de l'abbé Gerval que mademoiselle de Villepré insistait auprès de Mathilde sur la nécessité de laisser partir le général. Depuis que M. de Beaulieu se trouvait pendant la journée entière séparé de sa fille et la savait si bien entourée, si bien soignée qu'il ne lui restait aucune surveillance à exercer, les heures lui paraissaient longues et souvent insipides. La solitude l'ennuyait ; ses anciens amis étaient dispersés ; ayant passé toute sa jeunesse à l'armée, il n'aimait point les occupations trop assidues du cabinet. Lorsque sa santé l'avait forcé à quitter le service, la société d'une femme dévouée et charmante l'empêcha de sentir vive-

ment l'ennui qui s'attache à une vie inoccupée ; plus tard
la profonde douleur qui l'absorbait, la préoccupation que
lui causait sa fille remplissait tous ses moments. Mais,
depuis quelque temps, plus calme et plus tranquille, le
général sentait l'ennui s'emparer de lui. Il venait souvent
avec Mathilde passer ses soirées dans la famille de Villepré ; il ne tarda pas à se lier intimement avec le père de
Valérie. Celui-ci ne voyait pas sans inquiétude l'effet produit sur son nouvel ami par l'ennui qui le consumait, et
s'en entretenait fréquemment avec sa femme et le bon
abbé Gerval. Aussi, lorsque M. de Beaulieu fut chargé de
la mission dont nous avons parlé, M. de Villepré s'en ré-
jouit-il sincèrement, et craignant toujours que l'amour
paternel ne le portât à prendre une résolution contraire à
celle qu'il croyait nécessaire, il engagea fortement sa fille
à dire à Mathilde de ne pas se montrer opposée au départ
de son père, qui ne saurait certainement pas résister à ses
prières et à ses larmes. C'était là le motif qui avait guidé
mademoiselle de Villepré, car pour elle elle était plutôt
effrayée que désireuse de la responsabilité qui allait peser sur elle en demeurant entièrement chargée de mademoiselle de Beaulieu.

Celle-ci, fidèle à ses promesses, ne témoigna plus à
son père qu'une douleur bien naturelle et bien juste à
l'approche d'une longue séparation, elle n'exprima aucune répugnance à s'installer chez madame de Villepré,

6..

promettant, au contraire, de se conformer en tous points aux avis et aux conseils de cette excellente femme. On pressa le général de hâter les préparatifs de son départ, et, au bout de trois semaines, il conduisit sa fille chez ses amis, le matin même du jour où il devait la quitter pour si long-temps. Il avait pris le plus grand soin pour que rien ne manquât à cette enfant chérie; la pension payée pour elle à mademoiselle de Villepré devait suffire amplement à tous ses besoins, et sous tous les rapports il pouvait partir sans inquiétude. Mathilde reçut une ample provision de livres et de joujoux, et le matin même de son départ, M de Beaulieu lui remit quelques manuscrits, écrits par lui à l'époque où sa santé le forçait à une entière inaction physique.

— En les lisant, tu penseras à ton père, lui disait-il en l'embrassant.

L'enfant fondit en larmes.

— Cher papa, répondit-elle, remettez-les à mademoiselle de Villepré. Quand j'aurai été bien sage toute la journée, elle m'en fera la lecture le soir, et j'espère que la pensée d'une semblable récompense suffira pour me corriger de tous mes défauts

Cette pensée, touchante par sa simplicité, surtout chez un enfant aussi jeune, émut vivement tous les assistants. Quelques heures, après il fallut se quitter. Les adieux furent déchirants, et M. de Villepré dut arracher de force le général des bras de sa fille, qui, lorsqu'elle se vit séparée de son père se jeta au cou de Valérie en lui disant :

— Aimez-moi bien, car je n'ai plus que vous.

Mademoiselle de Villepré, quoique profondément émue elle-même, essaya, par tous les moyens possibles, de distraire la pauvre Mathilde. L'heure était avancée, elle la coucha elle-même, et avec l'heureuse facilité de son âge, l'enfant ne tarda pas à s'endormir.

Toute la journée du lendemain elle fut triste, mais calme, et ne reprit un peu de gaîté que lorsque son institutrice lui proposa, pour la distraire, de lui faire la lecture d'un des manuscrits laissés par son père. L'enfant parut ravie, on s'installa autour de la table; mademoiselle de Villepré, Valérie et Mathilde prirent leur ouvrage, et M. de Villepré lut ce qui suit :

Dans la plaine sablonneuse de Darmstadt, au point où la ravissante Bergstrasse se perd vers le nord, on remarque quelques hauteurs boisées dont l'une porte le nom de Herrgotsberg. D'agréables sentiers, ombragés de hêtres, conduisent à cette montagne d'où la vue s'étend au loin sur de vertes et fraîches forêts. Le silence qui règne tout à l'entour de ce lieu, exerce sur l'âme une influence magique à laquelle il est difficile de se soustraire.

La tradition rapporte que, dans des temps très-reculés,

(*) Mot composé qui signifie montagne du Seigneur.

une chapelle se faisait remarquer au sommet du Herrgotsberg. Elle ne dit point par qui cette chapelle fut
fondée ni à quelle époque elle disparut, mais son existence n'est pas douteuse ; elle est confirmée par la décou-
verte que l'on a faite d'un passage souterrain, aujour-
d'hui comblé, qui s'étendait, selon toute apparence, à
une lieue au nord de la ville de Darmstad, ainsi que par
des débris de murailles trouvés sur le terrain même.

Mais long-temps avant que le Herrgotsberg eût été consacré au pèlerinage par l'érection de cette chapelle, un
ermite y avait élevé sa cellule. Sur un rocher qui portait
le singulier nom de *Griffe du diable*, s'élevait une croix
de bois au pied de laquelle se rendait chaque jour le
pieux solitaire. Dès que l'aurore colorait l'horizon vers
l'Orient, on le voyait prosterné devant ce signe de la
rédemption, plongé dans de ferventes prières. Il y demeurait une grande partie du jour, et souvent même ne s'é-
loignait qu'au moment où la lune, s'élevant au-dessus des
montagnes, faisait briller sa lumière argentine.

Frère Lienhard, ainsi se nommait l'ermite, n'était pas
courbé sous le poids des ans. Sa robe de bure cachait des
formes nobles et des membres pleins de force et de souplesse. Un capuchon couvrait sa tête rasée et nue, mais
une barbe brune, touffue et ondulée s'arrondissait autour
de ses joues et de son menton, et aucune ride ne sillon-

nait son front. Ses traits, en un mot, étaient ceux d'un
homme à la fleur de l'âge.

On était à cette époque de l'année où la chaleur brû-
lante de la cannicule fait sentir son assoupissante influence. Le soleil venait de parcourir la moitié de sa course.
Les oiseaux accablés avaient cessé leurs chants et cher-
chaient à s'abriter à l'ombre des feuillages les plus épais :
Tout semblait engourdi dans la nature.

Lienhard, selon sa coutume, s'était agenouillé au pied
de la croix. Les rayons brûlants du soleil frappaient sa tête
nue ; mais il paraissait ne pas s'en apercevoir, et continuait
avec ferveur sa prière, en levant de temps en temps les
yeux sur le signe du salut. Tout-à-coup il détacha la
corde qui lui ceignait les reins et s'en frappa avec tant de
force que les coups retentissaient au loin dans cette solitude. De profonds soupirs s'échappaient de sa poitrine
oppressée, et cependant son bras fatigué trouvait de nou-·
velles forces et continuait à frapper avec une cruelle
persévérance· Epuisé, il s'arrêta enfin, et tomba sur
l'herbe, la face contre terre.

Au même moment des pas légers se firent entendre dans
la forêt, le bruit se raprocha de plus en plus, et, en se rele-
vant, le pénitent aperçut devant lui une femme qui jeune
encore implorait son secours les mains jointes. Une pro-·
fonde terreur était peinte dans son regard, et la pâleur de
ses traits effaçait la blancheur de sa robe qui, déchirée par

les ronces, flottait en lambeaux autour de sa taille. Ses
boucles de cheveux tombaient en désordre sur ses épaules,
et des gouttes de sang s'échappaient de ses pieds nus sur
l'herbe. Elle demeurait devant l'ermite, muette, les lèvres
tremblantes et les yeux égarés.

A l'aspect de cette femme épuisée de fatigue, le solitaire fut ému de pitié. Il la conduisit devant sa cellule et
la fit asseoir sur un banc. Il se disposait à lui offrir
quelque nourriture et à lui présenter de l'eau du ruisseau
qui coulait près de sa retraite, lorsqu'elle s'écria avec
effroi en tombant à ses pieds et en embrassant ses genoux.

— Ils viennent! oh! sauvez-moi!

Des bruits confus d'armes et de voix retentissaient
dans la forêt. Lienhard, déterminé par une soudaine résolution, releva l'étrangère à moitié évanouie, la conduisit au fond de sa cellule et, après lui avoir recommandé
d'être sans inquiétude, s'éloigna pour s'assurer de la nature du danger qui semblait menacer celle qui venait
d'implorer sa protection.

Il vit bientôt s'avancer trois hommes armés qui jetaient
autour d'eux des regards inquisiteurs en s'entretenant
avec vivacité ; mais lorsqu'ils aperçurent l'ermite qui les
examinait avec calme et dignité, ils s'approchèrent, se
jetèrent à genoux et implorèrent sa bénédiction. La crainte
qu'inspirait à cet époque, aux êtres mêmes les plus gros-

siers, la présence des serviteurs du Seigneur, agit tellement sur ces trois hommes qu'ils n'osèrent s'informer
auprès du solitaire de l'objet de leurs recherches, et, sa-
luant respectueusement le saint ermite, ils s'éloignè-
rent.

Quand le bruit de leurs pas se fut perdu dans la forêt,
Lienhard retourna plein d'une joyeuse satisfaction dans
l'intérieur de sa cellule. La jeune femme, prosternée avec
ferveur, y rendait grâces à Dieu de sa délivrance; il ne
troubla point sa prière; mais quand elle l'eut achevée, il
lui présenta quelques mets simples, du pain, des racines
et des fruits qu'il venait de cueillir :

— Mangez, lui dit-il avec bonté, et prenez courage ;
vos persécuteurs sont loin d'ici.

Elle jeta sur son libérateur un regard reconnaissant,
et accepta la nourriture qui lui était offerte. Ses traits
perdirent peu à peu de leur expression de frayeur et bientôt ses joues se colorèrent d'un léger incarnat.

— Pieux solitaire, dit-elle enfin timidement, comment
pourrais-je vous témoigner ma gratitude? Sera-ce en
priant pour vous? Mais vos prières s'élèvent plus pures
vers le trône de Dieu et elles ont plus de valeur à ses yeux
que celles d'une faible pécheresse. Cependant, pour que
vous puissiez juger de la grandeur du bienfait dont je
vous suis redevable, permettez que je vous fasse le récit
des événements qui m'ont conduit dans ce saint lieu.

Je m'appelle Aldegonde et suis la fille unique du vieux
chevalier de Tannenberg. J'avais autrefois un frère chéri,
mais je n'en parlerai point pour ne pas renouveler la
source des larmes que m'arrache son souvenir. Le soin
d'adoucir les derniers jours de mon père, par les plus
tendres attentions de l'amour filial, fut la tâche à laquelle
je me consacrai. Afin de ne point le laisser seul dans sa
vieillesse, je fis vœu de ne point prêter l'oreille à aucune
proposition de mariage.

Il y a quelque temps, le chevalier de Rodenstein arriva
avec une riche et nombreuse suite au château de mon
père. Je lus dans ses regards le motif de sa visite; en
effet, il demanda ma main. Mais, indépendamment du
vœu que j'avais fait de ne pas abandonner mon père, les
manières hautaines du chevalier et sa rudesse mal dé-
guisée eussent suffi pour me faire repousser sa demande.
La fermeté de mon refus fit monter la rougeur à son front,
il quitta sur le-champ le château, le cœur plein de désirs
de vengeance, jurant de ne jamais oublier l'insulte qu'il
prétendait lui avoir été faite. Hélas ! il n'a que trop tenu
sa promesse.

Je me sentis le cœur plus léger dès qu'il m'eût délivré
de sa présence. Je me trouvais si heureuse auprès de
mon père ! Il m'entourait de tant d'amour ! Mais notre
paisible bonheur devait être de courte durée.

La nuit dernière, je ne pus dormir. Une crainte indéfinissable éloignait le sommeil de mes yeux ; mon cœnr était oppressé sans qu'il me fût possible de donner une raison à cette vague inquiétude. Tout-à-coup un bruit affreux se fait entendre ; je cours à la fenêtre ; - qu'aperçois-je, hélas ! La cour du château était éclairée par la lueur rouge des torches ; le bruit des armes, des cris effroyables parvenaient jusqu'à moi. Eperdue, je voulus courir à l'appartement de mon père, mais la voix redoutable de Rodenstein résonnait dans les corridors ; j'entendis sa bouche odieuse prononcer mon nom. Je me précipitai vers une porte donnant dans un escalier dérobé, et traversai rapidement les appartements. Le ciel protégea ma fuite, car je me trouvai bientôt dans la campagne. La voix de mes persécuteurs que j'entendais derrière moi me donnait des forces surnaturelles, et Dieu guida mes pas chancelants jusqu'au lieu où je devais trouver un libérateur.

Mais mon père, mon pauvre père ! Il est au pouvoir d'un misérable qui ne respectera pas ses cheveux blancs ! Ah ! pourquoi me suis-je éloignée ? j'aurais eu au moins la consolation de mourir avec lui !

Elle leva les mains au ciel, et de grosses larmes s'échappèrent de ses yeux.

Lienhard, vivement ému, lui adressa des paroles de consolation qui rendirent un peu de calme à ses esprits.

— Le Seigneur accomplira une œuvre pour laquelle les

forces humaines seraient insuffisantes, lui dit-il ; il vous
protégera. Mais vous parliez tout à l'heure d'un frère
dont le souvenir remplit vos yeux de larmes !

— Je vais vous faire connaître tous mes malheurs, répondit Aldegonde.

Mon frère Gunther était adroit dans tous les exercices
des armes comme doit l'être le fils d'un chevalier vieilli
dans les combats. On le voyait accourir le premier partout où il s'agissait d'abattre un taureau furieux ou de
poursuivre un sanglier ; il était l'orgueil de mon père,
qui sentait revivre en lui les beaux jours de sa jeunesse ;
je lui portais une grande affection, et il avait pour moi
une véritable tendresse fraternelle.

Il partit un jour pour la chasse, accompagné d'un seul
écuyer. La nuit vint, mais Gunther ne revint pas. Il était
déjà très-tard quand son compagnon arriva seul au château ; nous l'accablâmes de questions sur la cause de
l'absence de son maître ; il croyait le retrouver auprès de
nous. Ils s'étaient trouvés séparés dans l'épaisseur de la
forêt, et l'écuyer n'avait pu le rejoindre, quoiqu'il eût
parcouru les bois dans tous les sens en l'appelant à haute
voix. Il nous restait la faible espérance que mon frère
avait peut-être été passer la nuit chez un de ses amis
dans le voisinage, ainsi qu'il lui arrivait parfois lorsqu'il
se trouvait trop attardé ; mais le lendemain, quand le
soleil fut couché et que nous ne le vîmes pas revenir, no-

tre inquiétude ne connut plus de bornes. Mon père fit parcourir par ses serviteurs la forêt où mon frère avait coutume de chasser. Ils le rapportèrent, mais, hélas ! ce n'était plus qu'un cadavre étendu sur un brancard. Après avoir battu long-temps la forêt, ils l'avaient trouvé au pieds d'une montagne, tout près d'un rocher. Un poignard traversait sa poitrine, et à quelques pas de lui, gisait un taureau sauvage percé de l'arme qui appartenait à mon frère. Ainsi il avait été assassiné, assassiné au printemps de sa vie. Puisse Dieu ne pas condamner son meurtrier !

— Il l'a déjà condamné ! murmura sourdement l'ermite.

A ces mots il sortit, se dirigea vers le rocher, se jeta au pieds de la croix, et se frappant de nouveau de sa discipline, il fit entendre de longs et douloureux gémisse-sements. Lorsque cette œuvre de pénitence fut achevée, Lienhard retourna lentement dans la cellule. Les traces de chagrin, depuis long-temps empreintes sur son visage, avaient disparu comme par miracle, et ses traits semblaient plus calmes. Il parla d'une voix douce et affectueuse à la jeune fille.

— Vous êtes venue, lui dit-il, chercher du secours près de celui qui en a besoin lui-même, mais Dieu nous assistera ! Vous obtiendrez au-delà de ce que vous espérez.

Vous presserez de nouveau votre père dans vos bras.
Priez pour que mon projet réussisse.

— Quel est votre projet, vénérable ermite? demanda
Aldegonde timidement, et l'âme pleine d'anxiété.

— Vous l'apprendrez dans douze jours, repartit Lienhard. Alors vous me reverrez. Mais jusque-là demeurez
dans cette cellule et livrez-vous avec ferveur à la prière.
Vous y serez en sûreté; les pas du méchant n'approchent
point de cette enceinte, et les animaux de la forêt passent
paisiblement devant mon humble cabane; vous y trou-
verez des aliments en quantité suffisante pour votre nourriture jusqu'à mon retour. Attendez, et priez.

Après avoir ainsi parlé, l'ermite fit le signe de la croix
et partit. Aldegonde le suivit des yeux jusqu'à ce qu'il
eut disparu, et quoiqu'elle ne pût comprendre comment
il parviendrait à exécuter sa promesse, elle éprouvait au
fond de l'âme une grande confiance. Elle suivit ses re-
commandations et adressa à Dieu de ferventes prières
pour son père, pour son frère et pour l'homme de Dieu
qui lui avait promis son appui.

Les jours s'écoulaient ainsi l'un après l'autre, et chacun d'eux la fortifiait dans sa résignation et dans sa confiance en Dieu. Elle tremblait, à la vérité, quand des
taureaux sauvages passaient, l'œil menaçant, à travers
les broussailles, en renversant de jeunes arbres de leurs
pieds, afin de se frayer un passage pour parvenir jusqu'à

la prairie marécageuse de la vallée. Elle frémissait quand, vers la nuit, un cerf, gémissant sous la dent du lynx, qui l'avait saisi au cou, se débattait pour échapper à son ennemi, ou quand les éclairs déchiraient la nue, et que la montagne répétait les coups redoublés du tonnerre. Mais quand l'aurore aux brillantes couleurs reparaissait et chassait devant elle les horreurs de la nuit, sa prière s'élevait plus pure vers le Tout-Puissant, qui la récompensait en fortifiant son espérance.

Le onzième jour allait finir. Aldegonde avait prié avec plus de ferveur encore que de coutume : c'était le lendemain que devait revenir celui dont dépendait son sort. Sa prière achevée, elle se releva remplie d'une espérance divine, et se dirigea vers la cellule pour aller se livrer au repos.

Mais soudain elle s'arrête ; un bruit s'était fait entendre à son oreille. Ce n'était pas le trépignement des bœufs sauvages, ni le gémissement du cerf expirant, ni les roulements du tonnerre se répétant dans la montagne. Il lui semblait entendre comme un cliquetis d'armes, des hennissements de chevaux et des voix humaines.

— Dieu de miséricorde! s'écria-t-elle au désespoir, ne me laissez pas tomber dans leurs mains !

Elle s'élança dans la cabane, se jeta à genoux et se couvrit le visage de ses mains jointes.

Les pas retentissaient avec plus de force, et des hom-

mes d'armes semblaient s'avancer vers le lieux de sa retraite. Tout-à-coup la porte s'ouvrit. Elle n'osa se retourner de peur que son regard ne rencontrât les traits
odieux du chevalier de Rodenstein. Mais une voix prononça avec douceur ces mots :

— N'ayez aucune crainte; vos libérateurs sont près de
vous.

Cette voix était celle de l'ermite. Aldegonde se leva en
tremblant; le passage subit d'une extrême frayeur à la
plus joyeuse surprise, la rendait muette. Elle aperçut
devant elle un chevalier de haute stature, couvert d'une
armure éblouissante, et sous son casque, dont là visière
était levée, elle reconnut les traits de Lienhard. Devant
la cabane on voyait un grand nombre d'écuyers armés.

— N'avais-je pas promis secours et protection? dit en
souriant l'homme de Dieu, revêtu maintenant de l'accou-
trement d'un guerrier. Le Seigneur a recueilli avec bonté
les prières de l'innocence; mais nous ne sommes pas au
bout de nos efforts; il nous reste encore une entreprise difficile à exécuter. Partons : chaque moment de plus que
votre père passe au pouvoir de cet homme sans foi est
un reproche qui pèse sur nous ! Venez, l'heure est enfin
arrivée!

Il soutint la jeune fille dont les sens s'étaient troublés
à la vue du changement merveilleux survenu dans son
protecteur, et la conduisit au bas de la montagne; les

écuyers suivaient. Au pied de la montagne, des hommes de la suite tenaient prêts deux chevaux. Lienhard plaça Aldegonde sur l'un d'eux ; lui-même monta l'autre, et sur-le-champ la troupe prit le chemin du château de Tanneberg.

Les ombres incertaines des grands arbres de la forêt se dessinaient à la pâle lueur de la lune, quand ils arrivèrent en vue des fossés du château. Les fenêtres de l'habitation étaient éclairées, derrière elles des ombres s'agitaient continuellement.

— Attendrons-nous, Seigneur, que les habitants du château se soient abandonnés au sommeil ? demanda un écuyer à Lienhard.

— Nous laisserions donc le vieillard soupirer plus long-temps après sa délivrance, répondit le belliqueux ermite. Non ! que la punition atteigne les coupables au milieu de leurs joyeux ébats !

Puis se penchant à l'oreille de l'écuyer :

— Conrad, lui dit-il, c'est à toi que je confie la garde de ma protégée ; la vue d'un combat l'effraierait. Si dans une heure je ne suis pas de retour, prie pour mon âme, et conduis Aldegonde au château de mon père, selon les ordres que je t'ai déjà donnés.

Mais la noble fille avait entendu ce que, dans la délicatesse de sa générosité, Lienhard voulait lui cacher, et quand, sautant à bas de son cheval, il lui tendit la main

en signe d'adieu, ses larmes coulèrent en abondance.
Avant qu'elle eût pu trouver des paroles pour exprimer
son émotion, Lienhard, suivi des siens, s'éloignait d'un
pas rapide.

La salle du château de Tannenberg retentissait de cris
de joie et des chocs de gobelets. Le chevalier de Rodenstein et ses compagnons s'y livraient à une débauche
honteuse au milieu des biens dont ils s'étaient emparés,
tandis que le père d'Aldegonde, assis, le visage pâle et
défait, au milieu de cette bande effrénée, refusait le vin
que son barbare vainqueur lui présentait avec un sourire
farouche.

— Fais venir ta fille ! lui criait-il. Le délai que je t'ai
accordé expire demain, et alors tu adresseras vainement
tes plaintes aux sourdes murailles de ton cachot.

Le vieillard garda le silence.

— Dis-nous où elle se cache, tu le sais, continua le
misérable. Un gendre tel que moi ne doit pas être re-
poussé.

— Hélas ! répondit le vieillard, ma pauvre enfant erre
sans doute abandonnée. Peut-être même son âme vous
accuse-t-elle déjà au tribunal du souverain juge.

— Pourvu qu'il exauce sa prière ! ricana le chevalier.

— Il l'a exaucée ! s'écria Lienhard en se précipitant
dans la salle à la tête de ses hommes d'armes.

La terreur, compagne inséparable du crime, frappa ces misérables de stupeur. Quelques-uns essayèrent d'opposer de la résistance, la plupart implorèrent lâchement la miséricorde des assaillants. Le chevalier de Rodenstein s'était levé, et tirant son épée :

— Infâmes ! s'écria-t-il en s'adressant aux siens, vous m'abandonnez honteusement !

Une lutte terrible s'engagea alors. Le chevalier de Rodenstein se défendait avec rage contre Lienhard, qui lui portait de grands coups de sa lourde épée. Quoique exercé aux combats, il ne tarda pas à s'apercevoir qu'il était plus faible que son adversaire et devait succomber sous les coups que celui-ci dirigeait contre lui. Usant de ruse, il se baissa au moment où l'arme de Lienhard se balançait sur sa tête, jeta sa propre épée, fit un bond comme un tigre, entoura de son bras gauche le corps de son antagoniste, tandis que de son bras droit, il cherchait à lui enfoncer son poignard au défaut de la cuirasse. Lienhard faisait de vains efforts pour se débarrasser de cette étreinte. Ses compagnons, apercevant le danger qu'il courait, s'élancèrent pour lui porter secours. Mais lui, d'une voix tonnante, et quoiqu'atteint d'une blessure profonde d'où coulait son sang :

— Arrière ! s'écria-t-il, que ce soit un combat d'homme à homme !

A ces mots, il jeta son épée dont il ne pouvait plus se

Valérie.   7

servir utilement, saisit d'une main de fer son ennemi aux
épaules, le courba sous la force de son bras et l'étendit à
terre comme un reptile. Prompt comme l'éclair, il arra-
cha une épée des mains de l'écuyer qui se trouvait près de
lui, et posant son pied sur la poitrine du vaincu :

—Jure, lui dit-il, d'une voix terrible, jure de ne
jamais te présenter ici, de ne jamais chercher à te ven-
ger. Jure, ou je te précipite dans les abîmes de l'enfer !

Le chevalier de Rodenstein se débattait sous le pied de
son vainqueur.

— Jure ! ou tu meurs à l'instant même ! s'écria de
nouveau Lienhard.

Menacé par le fer vengeur levé sur sa tête, le chevalier de Rodenstein prononça enfin ces mots :

— Je le jure.

—Jure au nom de Dieu et de tous les saints ! répliqua Lienhard.

— Au nom de Dieu et de tous les saints, murmura
Rodenstein presqu'anéanti.

Lienhard retira son pied et tourna le dos avec mépris
au déloyal ennemi qu'il venait de vaincre.

— Déposez-le dans un lieu sûr, dit-il à ses écuyers.
Demain, au point du jour, vous lui rendrez la liberté.

Alors il s'approcha du père d'Aldegonde, qui pouvait à
peine en croire ses yeux, et lui tendit la main. Le guer-

rier, tout à l'heure ardent de colère, était redevenu un jeune homme plein de calme et de douceur.

— Dieu nous a donné la victoire, dit-il, mon sang seul a coulé, je lui en rends grâces. Mais vous n'avez pas encore eu la joie de voir celle qui fait la consolation de vos vieux jours : elle sera bientôt ici.

Le vieillard étendait les bras pour bénir son libérateur, mais celui-ci s'était déjà éloigné.

Cependant Aldegonde attendait avec une vive inquiétude dans la vallée. Tantôt elle croyait entendre le bruit des combattants, tantôt le râle des mourants, tantôt des pas qui s'approchaient; elle éprouvait, en un mot, toute la torture d'une attente qui devait décider de sa vie ou de sa mort. L'infortunée ne tremblait pas seulement pour son père; elle tremblait aussi pour son courageux défenseur.

Cependant elle aperçut quelqu'un qui avançait rapidement dans l'obscurité, et bientôt elle reconnut Lienhard qui, le sourire sur les lèvres et la joie dans le regard, lui annonça la victoire.

— Et mon père, s'écria Aldegonde.

— Il vit, il désire ardemment presser sa fille dans ses bras.

Elle ne put se contenir plus long-temps, et saisissant la main des son libérateur, ses pleurs coulèrent en abondance. Il se détourna avec douceur et lui dit d'une voix émue :

— Rendez grâces au Seigneur et non pas à moi , c'est lui qui a tout fait. Mais hâtons-nous d'aller retrouver votre père.

Aldegonde , heureuse du succès de l'entreprise périlleuse dans laquelle Lienhard s'était engagé pour elle , suivit le chevalier , qui se dirigea vers le château. Le vieux seigneur de Tannenberg se tenait au pied de l'escalier. Quand il aperçut sa fille , il lui tendit ses bras , en versant des pleurs de joie , et tandis qu'il la pressait sur son cœur , sans pouvoir proférer une seule parole , Lienhard, se retirant à l'écart, essuya quelques larmes qui coulaient de ses yeux.

Les expressions de la plus vive reconnaissance succédèrent à la joie que le vieux chevalier et sa fille éprouvèrent au premier moment de leur réunion. Lienhard les recevait avec une noble modestie.

— Dites-moi votre nom , lui demanda le vieillard, afin que je puisse le prononcer dans mes prières.

— Mon nom doit être oublié , repartit Leinhard, priez pour un pénitent... Adieu !

Son dernier regard tomba sur Aldegonde qui, surmontant sa timidité, l'arrêta par le bras.

Lienhard détourna les yeux. Le regard d'Aldegonde

avait pénétré jusqu'au fond de son âme , mais surmontant son émotion, il reprit avec un sombre sourire :

— Hélas ! vous avez oublié qui je suis !

Ces mots dissipèrent la douce illusion d'Aldegonde.
Lienhard ajouta sur-le-champ :

— Je m'arrêterai cependant encore quelques instants
auprès de vous ; je vous dois le récit d'une aventure qui
éclaircira les doutes qui règnent encore dans votre
esprit.

— Ils s'assirent autour d'une table. Sur un signe du
vieux châtelain , les serviteurs apportèrent du vin et em-
plirent les verres. Lienhard refusa celui qu'on lui présenta, et commença son récit d'une voix émue :

— Il y a bientôt cinq ans qu'un chevalier étranger,
faisant sa première tournée d'armes, arriva dans ces montagnes ; il s'appelait Archimbault de Stein. Le sire de
Franchenstein le reçut dans son château, car il avait été
l'ami de son père.

» L'étranger s'amusait à chasser dans les bois, et il avait
l'intention de voyager sous peu dans de lointains pays.
Il tua maintes bêtes sauvages dans ses chasses ; les plus
furieux de ces animaux tombaient sous les coups de sa
lance. Un jour, dans un accès de folle témérité , il lança
son dard contre un énorme taureau sauvage. L'animal
blessé se précipita vers lui avec rage ; de ses cornes il

frappait la terre et la lançait en poussière jusqu'à la cime des arbres les plus hauts.

» Le téméraire n'avait plus que son poignard pour se défendre. Déjà le taureau furieux était près de l'atteindre, déjà il sentait le souffle de ses naseaux, déjà, le front baissé, le sauvage animal se préparait à le frapper du coup de mort, lorsque le jeune chevalier lui lança son poignard : le monstre tomba et fit retentir la terre du bruit de sa chute.

» Le chevalier Archimbault pensa que le ciel avait miraculeusement guidé la faible arme dont il s'était servi. Mais quelle fut sa surprise en voyant qu'un dard lancé avec force avait pénétré jusqu'au cœur de l'animal. Plein d'une joyeuse reconnaissance, il chercha des yeux celui qui l'avait délivré d'un si grand péril.... mais, hélas ! quel spectacle vint frapper ses regards !......

» Un noble jeune homme étendu au pied d'un rocher rendait le dernier soupir — le poignard d'Archimbauld lui traversait la poitrine et ses yeux qui s'éteignaient semblaient lui reprocher sa mort.

» Lienhard se tut, et un profond gémissement s'échappa de son sein.

Un cruel pressentiment s'éleva dans l'âme des deux auditeurs; ils respiraient à peine, et, saisis d'horreur, ils ne pouvaient proférer une parole. Lienhard continua.

— Archimbauld appela la foudre du ciel sur sa tête quand il reconnut qu'il ne pouvait rendre à la vie celui qui venait de le sauver. Poussé par le désespoir, il s'éloigna du cadavre, mais la malédiction du ciel sembla le poursuivre à travers les mers et dans la Terre Sainte où il espérait trouver le repos. Il avait toujours devant les yeux les traits du jeune homme que sa main avait immolé; il voyait constamment le regard qu'il lui avait lancé en mourant, et à ses oreilles retentissaient sans cesse ces cruelles paroles : Tu as ôté la vie à celui qui a sauvé la tienne ! En proie à la douleur et au remords, il s'éloigna du pays où se trouve le saint tombeau du Christ; mais la vengeance céleste l'accompagna dans le vaisseau sur lequel il s'était embarqué; elle ne l'abandonna pas lorsqu'il aborda de nouveau les rives de l'Europe; le ciel courroucé n'écoutait point ses prières, et ne semblait le laisser vivre que pour lui imposer de nouveaux tourments. Une force inconnu le poussa comme malgré lui vers le lieu où le jeune inconnu avait rendu le dernier soupir. Alors Archimbauld se coupa les cheveux, se couvrit d'un cilice, bâtit une cellule sur le rocher témoin de ce funeste événement, et y éleva une croix.

Lienhard se tut. Le vieux chevalier de Tannenberg, saisi de douleur, pencha sa tête sur son fauteuil, et le visage d'Aldegonde se couvrit d'une pâleur mortelle.

Lienchard sentit le sang ruisseler de sa blessure, mais sans céder à la douleur qu'il ressentait il ajouta :

— Connaissez-vous maintenant Archimbauld ! Oui, c'est moi, père trop malheureux, qui suis le meurtrier de ton fils ! Et toi, jeune fille, je suis l'assassin de ton frère !

Il s'élança hors de la salle, sortit du château, et s'enfonça dans les sombres profondeurs de la forêt.

Frère Lienhard reposait sur la dure couche de sa cellule. Son armure et son épée était suspendus oubliées aux parois de cet asile, elles lui étaient désormais inutiles. Le vieux Conrad, le seul compagnon du chevalier, le regardait d'un air triste, car Lienhard était pâle et amaigri ; mais un sourire de béatitude, avant-coureur de l'Eternité, errait sur ses lèvres.

Lorsque dans cette nuit pleine d'évènements extraordinaires, le chevalier de Stein s'était éloigné subitement du château de Tannenberg, Conrad l'avait suivi de près. Il atteignit, au point du jour, la cellule de son maître. Là il trouva le chevalier étendu au pied de la croix, couvert de son armure. La rosée scintillait sur son casque et sur son bouclier. Conrad le crut en prières : il s'approcha respectueusement et se hasarda à l'appeler par son nom ; ne recevant pas de réponse, il souleva la visière de son casque, et fut saisi de douleur en s'apercevant que ses traits étaient inanimés. Il transporta en pleurant sur la couche de sa cellule ce beau jeune-homme que tout enfant il avait si souvent endormi dans ses bras, lui enleva son armure, voulut lui enlever son cilice, et découvrit alors la blessure faite par le poignard du chevalier de Rodestein. Conrad pensa cette blessure d'une main habile : ses soins furent récompensés, car au bout de quelques heures son maître rouvrit les yeux.

Vers le milieu du jour les autres écuyers revinrent du château de Tannenberg. Lienhard, nous continuerons à le nommer ainsi, était assez bien remis pour pouvoir parler. Il donna des ordres pour que ses hommes d'armes retournassent en Souabe, leur pays natal.

Quelques jours après, en renouvelant l'appareil de sa blessure, le vieux serviteur s'assura que la plaie se guérissait, et il dit joyeusement à son maître :

— Bientôt vous serez rétabli.

Lienhard secoua la tête et répondit avec tristesse :

— Peux-tu donc aussi guérir les plaies de l'âme ? Je le sens, mon œuvre est accomplie, et mon corps se flétrira bientôt comme se sont flétries les feuilles qui, à mon arrivée ici, se balançaient au haut de ce chêne. Alors elles étaient vertes et fraîches... où sont-elles maintenant ? elles se sont desséchées et tombent en poussière !

Il s'arrêta un moment, puis il ajouta :

— Conrad, écoute ma dernière prière ; je l'adresse avec confiance au fidèle gardien de mon enfance.

7..

Mais s'interrompant tout à coup :

— Quel est ce bruit que j'entends ? s'écria-t-il. Creuse-t-on enfin la tombe après laquelle je soupire depuis si longtemps ?

— Le chevalier de Tanneberg, répondit Conrad, pose en ce moment les fondements de la chapelle qu'il a fait vœu d'ériger en ce lieu.

Lienharn se souleva avec peine : ses yeux brillaient d'un éclat extraordinaire, il les dirigea vers la croix du rocher et s'écria :

— Dieu tout-puissant ! daignez prolonger mon existence jusqu'au moment où cet édifice sacré sera terminé. Alors vous me recevrez dans votre sein paternel.

Le vieil écuyer, les mains jointes, pleurait en entendant ces paroles, et demeurait plongé dans un profond recueillement. Au milieu de ce silence solennel, on n'entendait d'autre bruit que la respiration oppressée de Lienhard.

— Ecoute, dit enfin celui-ci, écoute ma dernière prière. Quand tu seras de retour dans nos foyers, tu vendras le château de mes pères. Je suis le dernier rejeton de ma famille, et mon nom s'éteint avec moi. Tu garderas ce qui te seras nécessaire pour mettre tes vieux jours à l'abri du besoin, puis tu apporteras le reste ici : j'en fais don à la chapelle.

L'écuyer se couvrit le visage de ses mains et promit,

en sanglotant, d'accomplir le dernier vœu de son jeune
maître ; et quand un bienfaisant sommeil vint clore enfin
les paupières fatiguées du malade, il s'assit silencieusement près de son chevet, l'âme brisée par la tristesse.

Ainsi s'écoulait à peu près chaque jour, lorsqu'un matin les sons d'une cloche se firent entendre. Ces sons ap-
pelaient les fidèles au sommet de la montagne où s'élevait une chapelle nouvellement terminée. Cette chapelle
était d'une construction simple et élégante : à la porte se
tenaient le chevalier de Tanneberg et sa fille ; ils semblaient attendre l'arrivée d'un autre personnage. Ce personnage parut enfin : c'était Lienhard qui, sortant de sa
cellule, s'avançait d'un pas chancelant, soutenu par son
fidèle Conrad. Ses regards brillaient comme le soleil du
matin sur la coupole de la maison du Seigneur. Le chevalier de Tanneberg alla au-devant de lui en souriant et
lui pressa la main. Aldegonde se tenait éloignée et se cachait le visage. Hélas ! elle voyait celui qu'elle eût été si
heureuse d'aimer aux portes de l'éternité ! quelques jours
encore, et ce noble cœur ne connaîtrait plus rien des affections de la terre, et ces yeux que semblaient entourer déjà une auréole de gloire, dormiraient du sommeil de la
mort ! La pauvre enfant était accablée sous le poids de sa
douleur.

Conduit par le chevalier et par Conrad, Lienhard pénétra dans l'intérieur de la chapelle. Le parfum de l'en-

cens s'y répandait de toutes parts, des branches de feuillage en tapissaient les murs, et des fleurs jonchaient la terre. Il se prosterna sur les marches de l'autel, de ferventes prières s'échappaient de ses lèvres décolorées, et il semblait être dans l'extase des bienheureux. Tout-à coup la voûte de la chapelle parut s'ouvrir à ses yeux, l'azur du ciel lui apparut, et, quand il leva les mains en adoration, il aperçut le jeune homme dont il avait innocemment causé la mort qui s'inclinait en souriant, tenant une palme de la main gauche et de la droite lui montrant le ciel.

— Tu m'as pardonné ! s'écria le pénitent.

Il tomba le visage contre terre : son âme s'était envolée vers les cieux !

On enterra Lienhard au pied du rocher, comme il l'avait demandé, et le vieux Conrad suspendit ses armes aux murs de la chapelle. Après avoir rempli ce pieux devoir, il retourna au manoir de son maître, et exécuta les dernières volontés qu'il lui avait dictées.

Aldegonde ne versa pas une larme, mais, à dater de ce jour, elle se voua exclusivement aux soins qu'elle devait à son père. Cependant tous les ans elle se rendait, pieds nus et vêtue de deuil, à la montagne du Herrgotsberg. Dans ce saint pèlerinage, elle priait, agenouillée sur la tombe de Lienhard, pour l'âme de son frère et pour l'âme de celui que son cœur avait aimé.

Quelques années après le triste événement que nous venons de raconter, le vieux chevalier de Tanneberg mourut. Après l'avoir accompagné dans son dernier asile, Aldegonde prit le voile dans le couvent d'Ingenheim. Là elle accomplissait avec humilité les pieux devoirs auxquels ses vœux l'obligeaient, et sa bienfaisante charité la faisait bénir par tous les pauvres des environs. Devenue abbesse de ce couvent, elle parvint à un àge très avancé. Une mort douce la réunit enfin à tous ceux dont le souvenir était si cher à son cœur et qu'elle désirait *si ardemment rejoindre dans une meilleure vie.*

Après avoir achevé la lecture du manuscrit, M. de Villepré posa ses lunettes et l'on s'entretint pendant quelque temps du récit tiré des souvenirs du général.

— J'aime beaucoup ces antiques légendes, disait M. de Villepré ; elles ont surtout un grand charme lorsqu'on a visité les lieux où les aventures que l'on raconte sont censées s'être passées.

— Censées ! répéta Mathilde, ce que vous venez de nous lire, monsieur, n'est pas véritable?

— Il y a toujours quelque chose de vrai dans le fond de ces récits, répondit M. de Villepré, mais l'imagination des auteurs du temps a pris soin de les embellir ou de les orner de circonstances merveilleuses.

Mathilde éprouva presque un léger désappointement, en songeant que ce vaillant Lienhard qui l'avait si vive-

ment intéressée n'était peut-être au fond qu'un homme
très-ordinaire ; puis, après quelques instants de plus
donnés à la causerie, elle se retira avec Valérie, dont elle
devait désormais partager l'appartement.

L'absence du général se prolongea bien au-delà de ses
prévisions, et ce ne fut qu'au bout de deux ans et demi
qu'il put revenir pour assister à la première communion
de Mathilde. Quelle joie n'éprouva-t-il pas en serrant
dans ses bras cette enfant si chérie ! quel bonheur pour
l'un et pour l'autre de se retrouver après une séparation
aussi longue ! M. de Beaulieu ne pouvait se lasser de
contempler sa fille qui avait prodigieusement grandi, et
dont tous les traits portaient l'expression de la santé, et
de cette sérénité d'âme, apanage précieux de ceux qui
sont en paix avec eux-mêmes. Il est vrai que mademoiselle de Beaulieu ne rappelait plus en rien l'enfant
maussade et gâtée, remise entre les mains de Valérie.
Les sages conseils de celle-ci avaient opéré un complet
changement. En faisant descendre au cœur de son élève
la lumière de la foi, mademoiselle de Villepré lui avait
fait prendre la salutaire habitude d'examiner chaque
soir, devant Dieu, sa conduite de la journée, de repasser
dans le silence du recueillement, ses paroles, ses actions,
les motifs les plus secrets qui l'avaient fait agir de telle
façon plutôt que de telle autre. D'ailleurs si elle reprenait Mathilde lorsque celle-ci le méritait, elle ne man-

quait jamais de donner des éloges aux efforts que la jeune fille faisait pour réformer son caractère, même lorsque
ces efforts n'étaient pas couronnés d'un plein succès.
Depuis le départ de son père, mademoiselle de Beaulieu
avait une femme de chambre pour son service personnel,
et Valérie eut beaucoup de peine à obtenir que son élève
se conduisît envers elle d'une manière convenable. Tantôt elle était brusque, hautaine, impatiente, tantôt d'une
familiarité excessivement dangereuse pour une jeune
personne. Car, outre qu'il est impossible que la familiarité ne détruise pas sans retour le respect et les égards
dûs aux maîtres par les serviteurs, elle entraîne encore
une foule d'inconvénients. Elle habitue à un langage
grossier, à des manières triviales, à des confidences dé-
placées. De plus, on prend dans ces relations l'habitude
de dominer toujours et de ne rencontrer chez la personne
avec laquelle on s'entretient que soumission et adoption
complète de ses idées ; alors on veut trouver partout cette
différence ; les égards, la politesse envers les autres deviennent chose insupportable, et comme l'on ne saurait
s'en dispenser dans la bonne compagnie, on la fuit et
l'on trouve plus commode de se livrer tout-à-fait à la
mauvaise. Grâce aux sages avis de Valérie, Mathilde
évita tous ces inconvénients, non sans avoir eu beaucoup
de peine à adopter un juste milieu.

— J'ai un compliment à vous faire, chère enfant, disait un jour mademoiselle Villepré à son élève, J'étais dans la pièce voisine pendant que Sophie vous coiffait, et vous avez témoigné une grande patience pendant le long temps qu'elle a mis à vous défaire ce nœud dont la complication l'embarrassait si fort.

— Je ne mérite pas tout à-fait vos éloges, mademoiselle, répondit la jeune fille en rougissant, car je me suis impatientée d'abord, et ce n'est que par réflexions que je me suis contrainte.

Nos lecteurs voudront bien remarquer toute la delicatesse, toute la franchise de cette réponse

— Oui, reprit mademoiselle de Villepré, mais c'est précisément ce dont je vous loue. En attendant que vous soyez devenue parfaitement douce, je me contenterai de vous voir achever gracieusement une phrase commencée avec irritation; j'y trouverai une preuve évidente d'attention et d'empire sur soi-même. Mais après vous avoir donné des éloges justement mérités, il faut aussi que je vous fasse un petit reproche. Au premier abord il va vous étonner peu-être, mais.....

— Oh ! non, s'écria Mathilde, toujours ingénue et sin·cère, je sais de quoi vous voulez me parler. Vous allez me gronder par ce que j'ai donné vingt franc à mademoiselle de Chavey pour cette vieille femme à laquelle elle s'intéresse, et qu'il y a eu dans cette action plus de vanité que de véritable charité. Aussi, en ai-je déjà été

punie, car la pauvre mère Bigot est venue ce soir nous
dire qu'elle n'avait pas un morceau de pain à donner à
ses trois petits enfants, et moi, ayant dépensé tout mon
argent, j'aurais était obligé de la laisser partir sans secours si votre bonne mère n'était venue à mon aide.

— Oh! ma chère enfant! répartit mademoiselle de
Villepré avec émotion, de quelle douce consolation vous
remplissez mon âme! Conservez cette précieuse habitude de vous interroger, de vous rendre compte non-seulement de vos actes extérieurs, mais encore de vos intentions les plus secrètes. C'est le seul moyen de conserver
cette pureté de cœur, sans laquelle nous ne sommes,
aux yeux du Seigneur, qu'un airain retentissant. C'est
le seul moyen de se préserver de ces illusions si faciles
dans la vie du monde, si communes, et cependant si préjudiciables et si graves. Presque toujours c'est parce
qu'une femme s'est rendue compte des interprétations
que l'on peut donner à la frivolité, à la légèreté, à la
coquetterie qu'elle se trouve, sans pour ainsi dire s'en
apercevoir, compromise et perdue de réputation.

De pareils entretiens se renouvelaient fréquemment :
aussi le général était il maintenant aussi fier de sa fille
qu'il avait été autrefois affligé de ses travers et de ses
défauts. Sa reconnaissance envers Valérie et le bon abbé
Gerval, cherchait toutes les occasions de s'épancher, et
tous les moments du congé qu'il avait obtenu furent con-

sacrés à son vieil ami et à sa fille. La prespective d'un
prochain départ attristait bien parfois l'intimité de ces
réunions de famille, mais chacun s'empressait de chasser ces pénibles prévisions pour jouir du bonheur présent. La mission de M. de Beaulieu, bien loin d'être terminée, devait sans doute se prolonger encore pendant
quelques années, et il ne pouvait, honorablement, abandonner, un poste que lui seul peut-être se trouvait en
état de remplir. Sa santé, du reste, se trouvait bien de
cette vie active et occupée ; il reprenait de la force et
l'embonpoint, et ses amis, en le revoyant, le trouvèrent rajeuni de dix ans.

Quinze jours après la première communion de Mathilde, il fallut se résigner à une séparation mille fois
plus cruelle que ne l'avait été la première. Car à cette
époque le général, malgré toute sa tendresse paternelle,
sentait bien qu'il ne quittait qu'une enfant indocile et
ingrate, tandis qu'aujourd'hui il abandonnait une fille
charmante, douce, instruite, uniquement occupée à lui
plaire. De son côté, mademoiselle de Beaulieu était
profondément affligée. Elle avait pris bien vite l'habitude de la présence d'un père qu'elle chérissait, et parfois, à la seule pensée de son départ, elle sentait le courage lui manquer. Mais, entrée depuis quinze jours dans
une vie nouvelle, la jeune fille avait appris, aux pieds
d'un Dieu crucifié, à supporter courageusement la dou-

leur, et si longtemps après le départ du général, elle demeura sérieuse et triste, aucune altération, ne se fit remarquer dans son humeur.

M. de Beaulieu avait décidé qu'à l'avenir mademoi-selle de Villepré remettrait, chaque mois, à son élève une somme de cinquante francs destinée à subvenir aux frais de toilette et d'entretien de la jeune personne. Cette me-sure fut prise d'abord, dans le but d'habituer Mathilde à une sage économie, ensuite, afin de lui procurer la jouis-sance, en se privant parfois de quelque fantaisie, de soulager la misère du pauvre ou d'offrir un souvenir aux personnes qu'elle aimait. La somme était d'ailleurs plus que suffisante pour une jeune fille dont la garde-robe était bien fournie, et dont les besoins de toilette étaient très-restreints, puisqu'elle ne sortait jamais que pour aller à l'église ou à la promenade avec mademoiselle de Villepré, Mathilde fut enchantée de cette mesure; cin-quante francs lui parurent une fortune inépuisable, et elle y puisa tant et si bien, qu'au bout de quinze jours il ne lui restait plus que trois francs. Il est vrai qu'elle acheta, sans marchander un dévidoir coûtant douze francs, et qui se brisa la première fois qu'elle dut s'en servir ; un réveil-matin de vingt-cinq francs, qu'elle cassa en voulant le monter elle-même. Ces deux acquisitions firent à sa bourse un notable échec, sans lui procurer une bien vive satisfaction.

Valérie avait gardé le silence sur ces imprudences; consultée par Mathilde, uniquement pour la forme, elle donna son avis, mais sans exiger qu'il fût suivi. Elle désirait que l'expérience vînt instruire son élève, et pensait avec raison que ses utiles leçons lui seraient plus profitables qu'un conseil auquel elle se soumettrait avec mécontentement sans être persuadée de sa sagesse, et qu'elle transgresserait, par conséquent, à la première occasion.

Mathilde cependant se trouvait tant soit peu mortifiée, et cachait avec soin sa pauvreté aux yeux de son institutrice, qui, quoique parfaitement éclairée à ce sujet, feignait de ne pas s'en apercevoir.

On était alors au commencement de l'hiver, et le froid commençait à se faire vivement sentir. Mathilde grelotait dans sa robe de mousseline de laine non doublée, et, la veille du jour bienheureux où elle devait toucher sa pension, elle pria Valérie de sortir avec elle pour s'acheter une robe chaude.

Celle-ci consentit volontiers. A la porte de la maison, elles rencontrèrent une femme couverte de haillons, et portant entre ses bras un petit enfant dont elle ne pouvait apaiser les cris, tandis que les deux autres enfants se traînaient à sa suite, en s'attachant au bas de sa jupe.

— Mes bonnes dames, criait la malheureuse femme, ayez pitié de mes pauvres petits enfants qui n'ont pas

mangé depuis hier soir, et qui ne mangeront pas d'aujourd'hui si personne ne vient à notre secours.

Mathilde, tout en s'efforçant de dissimuler le contenu
de sa bourse, en tira une pièce de vingt sous qu'elle y
conservait depuis huit jours, avec tout le soin dû aux
derniers restes d'un trésor, et la donna à la pauvre
femme, qui la combla de bénédictions, tandis que ses
petits enfants lui envoyaient des baisers de leurs mains
violettes et glacées.

Mathilde voulait s'éloigner, mais mademoiselle de
Villepré l'arrêta :

— Où demeurez-vous ma bonne femme? demanda-t-
elle à la mendiante avec bonté.

— Rue du Harlay, 7, répondit celle-ci.

— C'est bien loin d'ici, reprit Valérie, émue par tous
les souvenirs que lui rappelaient le nom de la rue qu'elle
avait habitée quelques années ; n'importe, ma mère ou
moi nous irons vous voir.

— Venez, venez, madame, dit la pauvre mère, vous
verrez que je ne vous trompe pas.

Mademoiselle de Villepré s'éloigna alors, et, chemin
faisant, Mathilde lui demanda pourquoi elle lui avait
demandé l'adresse de cette femme.

— Il me semble, ajouta-t-elle, qu'elle a l'air si douce
et si honnête qu'on peut parfaitement se fier à elle.

— Je le crois comme vous, répartit Valérie, mais il

arrive malheureusement que, parmi les pauvres, on est trompé quelquefois par ceux-là mêmes qui vous paraissent les plus honnêtes. D'ailleurs il n'y a jamais d'inconvénients à aller voir par soi-même ce qu'il en est. Cela donne un peu de peine, mais aussi c'est la seule manière de rendre le bien que nous faisons véritablement utile et profitable, tandis qu'en donnant et refusant au hasard une pièce de monnaie au pauvre que nous rencontrons sur notre route, souvent nous encourageons le vice et la paresse, et nous rebutons l'innocent. Si vous voulez venir avec moi chez cette pauvre femme, Mathilde, et qu'elle soit réellement digne d'intérêt, vous verrez tout le plaisir que l'on trouve à faire le bien consciencieusement.

— Je lui porterai vingt-cinq francs, dit la jeune fille avec empressement.

— Si vous m'en croyez, repartit mademoiselle de Villepré, nous adopterons un autre plan. Nous emploierons la somme que vous destinez à la mère Varin à acheter de quoi l'habiller chaudement elle et ses enfants; nous trouverons à bon marché de bonnes étoffes communes, et nous travaillerons pendant toutes nos récréations à la confection de ces vêtements.

— Mais pourquoi préférez-vous cette manière de venir en aide aux pauvres à un simple envoi d'argent? demanda Mathilde.

— On ne peut jamais être certain de la manière dont
est employé l'argent que l'on donne, répliqua mademoiselle de Villepré. J'ai vu des mères assez dénaturées pour
se refuser à acheter des vêtements à leurs pauvres enfants
demi-nus, pensant que s'ils étaient bien couverts ils
n'exciteraient plus la commisération publique. D'autres
fois, c'est un mari qui s'empare d'une petite somme
destinée à procurer, pendant quelques jours, le pain
nécessaire à sa femme et à ses enfants, et le dépense
sans scrupule au cabaret. Voilà pourquoi les dons en
nature, tels que pain, viande, bois, sont toujours préférables aux dons en argent.

Tout en causant ainsi, ces dames se trouvèrent à la
porte du magasin où elles projetaient de faire leurs emplettes. Mathilde, le cœur encore tout plein de ses charitables projets, se décida pour une robe de laine fort simple, tandis qu'en revanche elle achetait tout ce qu'elle
pensait être nécessaire à ses nouveaux protégés.

— Si ce sont véritablement de vilaines gens, disait-
elle à mademoiselle de Villepré, cela servira à d'autres.

— D'ailleurs, répondait celle-ci, nous pourrons toujours essayer un premier bienfait. En supposant que les
pauvres ne méritent point d'intérêt, on ne saurait en
refuser aux pauvres petits enfants. Seulement, ajouta-t-
elle en souriant, prenez garde de ne pas dépenser tout
votre argent. Songez que nous ne sommes qu'au premier

du mois, et que vous pourriez vous trouver fort embarrassée par quelque dépense indispensable pendant le
courant du mois.

Mathilde promit de suivre ce sage conseil; mais,
hélas ! la vivacité de son imagination, qui lui repré-sen-
tait la mère Varin et ses enfants tout équipés de neuf et
se regardant d'un air ébahi, l'enchaîna au-delà de ses
résolutions, et lorsque le soir on lui apporta l'énorme
paquet contenant les objets dont elle avait fait choix, le
mémoire se montait à quarante-sept francs.

Mathilde se mordit les lèvres et voulut engager le
marchand à reprendre quelques-uns des articles qu'il lui
avait vendus, mais celui-ci s'y refusa, en objectant que
les aunages étaient trop justes pour qu'il pût espérer de
s'en défaire.

— A moins cependant que mademoiselle ne veuille
rendre la robe qu'elle a achetée pour elle, ajouta le
commis.

Mathilde se disposait à accepter cette proposition;
mais Valérie s'y opposa, et lorsque le marchand se fut
éloigné :

— Vous devez à votre père, ma chère enfant, lui dit-
elle, d'avoir une mise convenable, et je ne puis consentir
à vous voir passer l'hiver vêtue comme vous l'êtes en ce
moment.

— Mais me voilà presque sans argent, repartit la jeune fille, en pleurant à moitié.

— Je vous avais avertie, chère petite, reprit mademoiselle de Villepré, mais ne revenons sur le passé qu'autant qu'il pourra nous servir pour l'avenir. Voulez-vous n'avoir jamais de regrets dans le genre de ceux que vous éprouvez en ce moment? Prélevez chaque mois sur vos revenus la part du pauvre. Que cette part soit abondante, et une fois que vous l'aurez fixée, ne la dépassez pas. Vous n'avez pas l'obligation de secourir toutes les misères qui s'adressent à vous; vous ne devez même faire l'aumône que suivant vos moyens. Vous n'êtes pas redevable au pauvre de votre nécessaire, mais vous lui devez une part de votre superflu, et si, pour lui venir en aide, vous vous rendez pauvre vous-même, vous méconnaissez le précepte divin. Ainsi, examinez mûrement quelle est la somme que vous pouvez consacrer aux aumônes, et tenez-vous-y fermement.

Mathilde promit de suivre ce conseil; puis elle se coucha après avoir tendrement embrassé sa digne et excellente amie.

IX

LE SALAIRE DE L'OUVRIER.—QUELQUES TRAVERS DU MONDE
— LES SUITES DE L'EXAGÉRATION.

Le lendemain, Mathilde fit venir sa couturière, et huit jours après elle eut la satisfaction d'endosser la robe chaude dont elle avait si grand besoin. La jeune fille qui travaillait pour Mathilde était une ouvrière honnête, laborieuse, soutenant à elle seule une mère infirme et âgée, et deux jeunes frères encore enfants. Lorsqu'elle eut essayé la robe de Mathilde à la satisfaction de celle-ci, elle lui demanda timidement de vouloir bien lui solder le prix de sa façon; mais mademiselle de Beaulieu

8.

n'avait pas à sa disposition la somme nécessaire , et se contenta de répondre avec embarras :

— Je vous paierai le mois prochain ; j'espère que cela ne vous gênera pas d'attendre jusque-là ?

— Oh ! non , mademoiselle , nullement , répondit la pauvre fille, honteuse de sa première sollicitation. Mademoiselle paiera quand elle voudra.

Et elle se retira le sourire sur les lèvres , et le cœur rempli d'angoisses , car elle comptait sur le prix de son travail pour nourrir sa mère et ses frères.

En descendant l'escalier , elle rencontra Valérie qui rentrait , et se hâta d'essuyer les larmes qu'elle n'avait pas eu la force de retenir. Mais le cœur généreux et compatissant de mademoiselle de Villepré fut ému des efforts que faisait Joséphine pour prendre un air riant ; d'ailleurs ceux qui ont pleuré eux-mêmes sont habiles à distinguer la trace des larmes. Valérie s'empressa donc de demander à la bonne jeune fille , à laquelle elle s'intéressait particulièrement , des nouvelles de sa famille.

— Tout le monde va bien chez nous, merci, mademoiselle, répondit l'ouvrière.

— Avez-vous beaucoup d'ouvrage en ce moment ? continua mademoiselle de Villepré.

— Très-peu, malheureusement , mademoiselle. Vous savez que je ne suis pas connue, et quoique je travaille bien et consciencieusement, beaucoup de personnes préfèrent se servir d'une couturière en renom plutôt que de s'adresser à une pauvre fille comme moi.

— Ne vous désolez pas, ma pauvre enfant, reprit Valérie avec bonté, continuez à satisfaire le peu de pratiques que vous avez par votre probité et votre adresse, et vous ne tarderez pas à arriver à un meilleur résultat.

La jeune fille se retira, et Valérie monta chez elle, toute préoccupée de l'avoir vue si sérieuse et si triste. En apercevant Mathilde, elle lui trouva également un visage contraint et ennuyé, et soupçonna que, mécontente du travail de Joséphine, elle l'avait peut-être rudoyée et que c'était là le motif des larmes de la couturière.

— Votre robe va-t-elle bien, Mathilde? demanda-t-elle à celle-ci.

— Parfaitement, répondit la jeune personne, mais, malgré cela, j'ai bien envie de changer de couturière.

— Quitter cette pauvre Joséphine qui a tant besoin d'ouvrage et au moment même où vous êtes contente! et pourquoi donc, chère enfant?

— Parce qu'elle me tourmente toujours pour être payée, c'est insupportable. Aglaé de Beaufort me disait encore hier qu'elle ne payait sa couturière que tous les six mois.

— C'est un grand tort et une bien mauvaise habitude, dit Valérie sérieusement. Dieu lui-même nous a ordonné

de payer exactement le travail que nous exigeons, lorsqu'il a prononcé cette parole si grave : Que le salaire de
l'ouvrier ne demeure jamais chez vous jusqu'au lendemain. Est-ce que vous avez refusé de l'argent à Joséphine ?

— Il le fallait bien, répondit Mathilde en pleurant, car
il ne me restait presque rien, comme vous le savez.

— J'en suis bien fâchée, car sans doute la pauvre fille
en avait grand besoin. Quand je l'ai rencontrée dans l'escalier, elle pouvait à peine retenir ses larmes.

— Je ne crois pas qu'elle pleurât pour cette raison là',
car je lui ai demandé s'il lui serait possible d'attendre,
et elle m'a répondu affirmativement.

— Les ouvriers n'osent jamais avouer leur misère,
reprit mademoiselle de Villepré, car ils savent que cet
aveu leur ferait tort, et que, par un préjugé absurde,
on ne veut pas employer un homme lorsqu'on sait qu'il
a grand besoin de son travail. Ne vous fiez donc jamais à
ces sortes d'assurances, ma chère Mathilde, et ne faites
jamais languir l'ouvrier après un salaire qu'il a droit
d'exiger de vous lorsqu'il vous livre son travail. Je sais
bien que vous avez la ferme intention de payer, aujour-
d'hui ou dans un mois ; c'est sur le travail du matin que
l'ouvrier compte pour le pain du soir ; si le salaire lui
manque, le pain lui manque aussi.

— Au moins ai-je la consolation de penser que si je

n'avais pas d'argent a donner à Joséphine, cela provenait des achats que j'ai fais pour la famille Varin, et je n'ai pas à me reprocher d'avoir dépensé mon mois en fantaisies ou en inutilités.

— Ma chère enfant, répliqua mademoiselle de Ville-pré, je vous le répète encore, ce n'est que sur notre superflu que nous devons prélever la part du pauvre. Faire des dettes pour se mettre à même de donner des aumônes plus abondantes, ce serait un grave abus. L'argent destiné à payer l'ouvrage qui doit vous être livré ne vous appartient plus ; il n'est entre vos mains que comme un dépôt sacré, qui doit passer entre les mains de son véritable propriétaire le jour où il vous remettra, en échange, son travail ou le produit de son labeur. Ainsi vous n'auriez dû acheter des vêtements pour la mère Varin et ses enfants qu'après avoir mis de côté la somme nécessaire pour payer Joséphine ; si ce prélèvement vous avait mis dans l'impossibilité de rien faire pour les pauvres gens que nous avons rencontrés hier, eh bien ! vous auriez offert à Dieu, qui s'en serait contenté, votre ferme volonté ; vous auriez tâché d'intéresser en faveur de la mère Varin quelqu'une de vos jeunes amies, et aujourd'hui vous n'auriez pas le regret que je lis au fond de votre cœur.

Mathilde se coucha toute triste, et lorsque, le lendemain, son institutrice lui proposa de venir avec elle visiter la femme Varin, elle accepta cette offre avec infiniment moins de joie qu'elle n'en eût ressenti si le souvenir de Joséphine ne l'eût point troublée. On convint de sortir à une heure, et jusqu'à ce moment la jeune personne travailla ainsi qu'elle avait l'habitude de le faire chaque jour.

Le temps était superbe quoique froid, et le soleil qui brillait de toute sa splendeur égayait la longue route qui séparait la rue du Cherche-Midi de la rue du Harlay. Ces dames étaient presque arrivées à leur destination lorsque, au détour d'une rue assez obscure, elles furent accostées par un petit garçon d'une dizaine d'années, à peine vêtu, qui leur demanda timidement et presque en pleurant de lui faire la charité au nom du bon Dieu.

La figure de l'enfant frappa Valérie, qui crut se rappeler l'avoir déjà vu quelque part.

— Il me semble te connaître, mon enfant, lui dit-elle ; où demeures-tu ? comment t'appelles-tu ?

L'enfant leva les yeux, puis regardant ces dames avec une sorte d'effroi :

— Ah ! Mademoiselle de Villepré ! s'écria-t-il en joignant les mains, ne me trahissez pas, je vous en prie ! ne le dites ni à maman ni à ma sœur !

Ce dernier mot rappela distinctement à Valérie ce dont elle n'avait eu jusque-là qu'un souvenir confus. L'enfant était le frère de Joséphine ; c'était chez cette

dernière que mademoiselle de Villepré l'avait vu quelquefois.

— Pourquoi donc es-tu ici, et sans la permission de
ta maman? demanda-t-elle à l'enfant, qui pleurait à chau-
des larmes.

— Oh ! mademoiselle ! ne me grondez pas , et je vais
tout vous dire , répondit l'enfant. Ma sœur est rentrée
très-tard hier ; elle avait rendu de l'ouvrage et espérait
nous rapporter de l'argent ; nous n'avions plus un sou à
la maison, parce que le matin maman avait soldé le terme. Malheureusement aucune des pratiques de ma sœur
n'a voulu la payer, et elle est rentrée en sanglotant et ne
sachant comment faire , car nous n'avions pour toute
nourriture chez nous qu'un pain de deux livres.

— Nous allons manger cela ce soir , disait ma pauvre
sœur, mais demain comment ferons-nous ? car je n'ai pas
d'autre ouvrage à reporter , et je n'oserai jamais aller
redemander de l'argent aux personnes qui m'en ont refusé.

» Quand j'ai vu ma pauvre sœur si triste , continua le
petit garçon, j'ai dit que je n'avais pas faim et je me suis
couché. Puis tantôt maman m'a donné une commission
à faire dans ce quartier ; alors j'ai pensé que j'allais
tâcher de rapporter quelques sous chez nous, et j'ai demandé l'aumône.

Je laisse à penser quelle dut être l'émotion de Mathilde pendant ce simple et douloureux récit. Ses larmes coulaient en abondance, et elle se promit bien que ce serait la dernière fois qu'elle refusait de l'argent à l'ouvrier qui aurait travaillé pour elle. Valérie était presque aussi émue qu'elle.

— Mais, mon pauvre enfant, dit-elle au petit Pierre, tu n'as donc pas mangé depuis hier ?

— Non, mademoiselle, aussi ai-je bien faim.

Mademoiselle de Villepré s'empressa de faire entrer Pierre chez un pâtissier qui se trouvait à peu de distance, et lui fit donner un bon bouillon avec du pain. Puis, lorsqu'il fut rassasié, elle lui dit de retourner chez lui, et de raconter franchement à sa mère ce qui venait de lui arriver.

— Promettez-lui de ma part, ajouta-t-elle, que la note de mademoiselle de Beaulieu lui sera payée ce soir.

L'enfant remercia sa bienfaitrice et s'éloigna le cœur joyeux.

Hélas ! la pauvre Mathilde était bien loin d'éprouver de la joie ! elle se faisait, au contraire, les reproches les plus amers, et Valérie, croyant la leçon assez forte, ne parvint qu'à grand peine à la calmer. La jeune fille décida qu'elle partagerait avec les frères de Joséphine les objets achetés pour les petits Varin, et accepta avec bonheur la proposition que lui fit son institutrice de lui avancer l'argent nécessaire pour payer ce qu'elle devait à la pauvre

ouvrière. Elle arriva donc un peu consolée au domicile
de la femme Varin, et mademoiselle de Villepré, ayant
recueilli sur elle les meilleurs renseignements, monta
avec son élève à la chambre habitée par la pauvre familile.
Elle y trouva la femme Varin, occupée à ourler des tor-
chons, tandis que ses trois petits enfants jouaient tran-
quillement à terre. La propreté qui régnait dans ce gale-
tas ne parvenait pas à en dissimuler la misère, mais lui
ôtait au moins ce cachet hideux qui repousse et fait mal
à voir.

— Oh ! mes bonnes dames ! que je vous remercie d'ê-
tre venues, s'écria la brave femme en voyant entrer
Valérie et Mathilde ; j'avais si peur que vous n'oublias-
siez votre promesse. Voyez, continua-t-elle en montrant
son ouvrage, je suis heureuse aujourd'hui, je n'ai pas
besoin d'aller mendier. Si vous saviez, mes bonnes dames, combien je suis contente quand on me fait travailler ! Oh ! l'argent qu'on gagne fait bien plus de plaisir
que celui qu'on reçoit comme aumône.

— J'aime à vous entendre parler ainsi, ma brave femme, répliqua mademoiselle de Villepré, et puisque vous
êtes laborieuse, je vous promets de vous procurer de
l'ouvrage. Mademoiselle, ajouta-t-elle en montrant Mathilde, a beaucoup de jeunes amies fort riches et qui ne
demanderont pas mieux que de vous occuper.

— Comptez sur moi pour le leur demander, dit Mathilde à son tour.

On s'informa alors de ce que la femme Varin savait faire, et elle répondit en toute sincérité sans vanter ses talents. Puis ces dames lui remirent de bons bas de laine et des souliers pour elle et ses enfants, et la quittèrent en lui recommandant de venir chercher de l'ouvrage aussitôt que celui qu'elle tenait serait terminé.

En rentrant chez elle, Mathilde envoya sa femme de chambre chez Joséphine, pour payer sa note, et lui fit dire de venir lui parler le surlendemain. En attendant, elle employa toutes ses récréations à confectionner deux blouses pour les deux petits frères de l'ouvrière; Valérie et sa mère se chargèrent des pantalons, et lorsque, la jeune fille se présenta, tout était terminé. Elle accepta avec reconnaissance ce qu'on lui offrait de si bon cœur, et annonça à Mathilde que sa générosité lui avait porté bonheur, et que, depuis deux jours, tout l'argent qu'on lui devait lui était successivement remis.

Cette nouvelle consola un peu mademoiselle de Beaulieu, et elle s'occupa alors de procurer de l'ouvrage à la femme Varin, ainsi qu'elle le lui avait promis. Valérie la loua beaucoup de son zèle et de la persistance qu'elle mit à atteindre son but.

— Soyez bien persuadée, lui disait-elle, qu'il n'y a point d'aumône meilleure et plus utile que celle qui procure du travail. Le pauvre qui ne demande pas mieux que de travailler, qui saisit avec empressement les occasions de gagner son pain, fût-ce même à la sueur de son front, mérite toujours que l'on s'intéresse à lui. Quand donc vous voudrez faire une aumône, véritablement profitable à celui qui doit la recevoir, donnez-lui de l'ouvrage, et si vous n'êtes pas assez riche pour le payer généreusement, payez-le au moins à sa juste valeur; car il y a encore des gens qui donnent de l'ouvrage au pauvre, mais alors, spéculant honteusement sur sa misère, ils taxent ce travail à vil prix. C'est là, du reste, une action si indigne que je ne crains pas que vous puissiez jamais vous en rendre coupable; je suis persuadée, au contraire, que votre bon cœur vous dira toujours de faire beaucoup, et c'est précisément à cause de cela que je tâche de vous enseigner à faire bien.

Le lendemain de ce jour, Mathilde devait aller passer quelques heures chez mademoiselle de Beaufort, fille d'un ami intime du général, et fort liée avec notre jeune personne. Valérie conduisit son élève chez madame de Beaufort et l'y laissa, en lui promettant d'aller la reprendre à quatre heures.

Les deux jeunes filles causaient et riaient assises à l'une des fenêtres, du salon, tandis que madame de Beaufort lisait près de la seconde fenêtre, lorsque la sonnette annonça une visite.

— Quelle ennuyeuse interruption ! s'écria Aglaé de Beaufort en faisant la moue. Maman, voulez-vous me permettre de me retirer dans ma chambre avec Mathilde?

Mais au même instant le domestique annonça madame et mademoiselle Sinclair, et Aglaé ne put faire autrement que de rentrer pour tenir compagnie à la jeune fille, ce qu'elle fit de fort mauvaise grâce.

La conversation roula d'abord sur des lieux communs, auxquels succéda une pause qui permit à mademoiselle de Beaufort d'espérer que la visite allait avoir un terme ; mais cet espoir ne tarda pas à être déçu, car tout à coup madame Sinclair, s'adressant à madame de Beaufort, lui dit d'un ton où perçait une certaine aigreur :

— Il paraît, madame, que madame Merville a donné un bal?

— Un bal? oh ! non, répliqua madame de Beaufort, c'était une simple soirée où l'on a un peu dansé.

En ce moment une femme de chambre vint prier sa maîtresse de se rendre un instant auprès de sa seconde fille, obligée, par une légère indisposition, de garder le lit depuis deux jours. Madame de Beaufort pria madame Sinclair de l'excuser, et, passant dans la pièce voisine, la laissa avec Aglaé, qui, âgée de seize ans déjà, était bien capable de remplacer momentanément sa mère.

— Vous étiez au bal de madame Merville, Mademoi-

selle? dit alors madame Sinclair, reprenant la conversation
où elle l'avait laissée.

— Oui, madame, répondit la jeune fille, et c'était une
charmante soirée. Par quel hasard n'en étiez-vous pas?

— Madame Merville ne nous fait pas l'honneur de nous
inviter à d'aussi splendides réunions, repartit madame
Sinclair d'un ton qui cherchait à paraître digne et dans
lequel ne se trahissait que l'amour-propre blessé, et,
quand même elle nous eût invitées, nous aurions refusé,
car nous ne sommes pas en position de lui rendre de
semblables politesses ; notre fortune ne nous permet pas
de donner des bals.

— Mais il me semble, Aglaé, que madame votre mère
disait tout à l'heure que la soirée de madame Merville
était très-peu de chose, dit Mathilde, qui voyait madame
Sinclair piquée, et cherchait avec bonté à la calmer.

Mais Aglaé, au contraire, trouvait un malin plaisir à
exciter la colère de la pauvre dame ; aussi s'écria-t-elle
avec vivacité :

— Je vous assure, chère amie, que maman s'est trompée. Il y avait chez madame Merville beaucoup de monde,
de nombreux danseurs, un fort bon orchestre, et un buffet somptueusement garni de rafraîchissement et des
mets les plus recherchés.

Incapable de maîtriser plus longtemps sa colère, madame Sinclair se leva, en criant qu'il était révoltant de

voir un homme, qui six mois auparavant faisait de mau-
vaises affaires, se livrer aujourd'hui à des dépenses aussi
extravagantes ; que, quant à elle, cela lui semblait le
comble de la folie et de l'inconvenance.

Elle sortit à ces mots, sans attendre le retour de ma-
deme de Beaufort.

Mais celle-ci, de la pièce voisine où la retenaient quelques soins indispensables à donner à sa fille, avait tout
entendu, et aussitôt qu'elle put rentrer au salon, elle fit
de vifs reproches à Aglaé.

— Je ne puis comprendre, lui dit-elle sévèrement,
quel était le but de toutes les exagérations que tu viens
de faire sur la petite soirée de madame Merville.

— Mon but était de tourmenter cette vilaine madame
Sinclair, qui est furieuse de n'avoir pas été invitée chez
madame Merville, dont elle a toujours été envieuse et jalouse parce que celle-ci est aussi aimable et aussi jolie
que son ennemie est laide et méchante.

— Je ne sais vraiment comment qualifier votre conduite, continua madame de Beaufort. D'abord elle est la
preuve d'un mauvais cœur ; car, quand il serait vrai que
madame Sinclair eût la faiblesse d'être jalouse de la
beauté et des grâces de madame Merville, bien loin d'ir-
riter et d'exciter en elle ce coupable sentiment, il serait,
au contraire, de votre devoir de chercher par tous les

moyens possibles à l'adoucir et à le calmer. Mais l'alimenter par des mensonges...

— Des mensonges ! maman, reprit la jeune fille, presque avec humeur.

— Oui, mon enfant, des mensonges. Vous savez parfaitement que le prétendu bal de madame Merville n'était qu'une réunion d'amis intimes, destinée à célébrer la fête de sa fille aînée ; que l'orchestre se composait d'un piano tenu tour à tour par l'une de vous ; que le buffet somptueusement garni se réduisait à quelques glaces et un thé fort simple, en un mot que tous les renseignements donnés par vous à madame Sinclair sont complètement faux.

Aglaé, honteuse et confuse, garda le silence. Mathilde, non moins embarrassée, eût voulu être bien loin du lieu de cette petite scène. Mais madame de Beaufort, que le penchant de sa fille à se permettre des mensonges dont elle n'apercevait pas la gravité affligeait profondément, se félicita de l'occasion qui s'offrit de lui donner une leçon qui devait agir plus vivement sur son esprit que les conseils si souvent prodigués par sa tendresse dans le tête à tête.

— Pour blesser madame Sinclair qui vous est indifférente, ajouta-t-elle, vous avez peut-être fait beaucoup de mal à madame Merville que vous prétendez aimer. Car madame Sinclair va s'empresser de répéter partout les détails qu'elle tient de vous, et tous ceux qui n'auront pas jugé des faits par eux-mêmes, blâmeront une famille qui, dans une position de fortune aussi restreinte, est représentée comme faisant des dépenses déraisonnables. On ne peut jamais prévoir les conséquences de l'exagération, et je désire que ce ne soit pas à vos dépens que vous appreniez qu'il n'y a de sécurité, de paix que dans la vérité et la sincérité.

En ce moment mademoiselle de Villepré vint chercher son élève, et madame de Beaufort lui dit en la lui remettant :

— Le bon cœur de Mathilde la porterait peut-être, mademoiselle, à vous cacher ce qui vient de se passer ; mais, comme elle ne doit point avoir de secrets pour vous, je l'autorise à vous en faire le récit, et je suis certaine que vous vous affligerez avec moi des fâcheuses dispositions de ma fille.

En effet Valérie, lorsqu'elle eut emmené Mathilde, et que celle-ci lui eut raconté la scène dont elle venait d'être témoin, déplora la mauvaise habitude d'Aglaé.

— Beaucoup de personnes du monde, ajouta-t-elle, ne voient aucun mal dans l'exagération, et se la permettent avec une déplorable facilité. La pensée que l'on ajoute ainsi du piquant, de l'originalité à un récit souvent trop scandaleux par lui-même, fait qu'on se dissimule l'inconvénient, la gravité de ces lésions à la vérité. Et comme chacun, en répétant ce qu'il a entendu, l'arrange et l'embellit à sa façon, les choses se dénaturent indéfiniment à mesure qu'elles passent par un grand nombre de bouches. Voilà comment une action toute innocente se trouve parfois transformée en une action criminelle, et comment l'exagération mène non seulement à la médisance, mais encore à la calomnie.

— C'est vraiment épouvantable, répliqua Mathilde ; mais comment se fait-il, mademoiselle, que tant de gens se livrent sans scrupule à une aussi coupable habitude ?

— C'est que peu de gens se donnent la peine de réfléchir sur leurs paroles ou sur leurs actes et sur les conséquences qu'ils entraînent. On va, on vient, on parle sans penser à ce que l'on dit ; on colporte chez l'un ce que l'on a remarqué chez l'autre de ridicule ou d'extravagant ; ou rit, on se moque, et on trouve tout cela fort innocent. Mais au milieu de ce flux de paroles que deviennent la charité, la vérité, la bonté ? Ah ! ce sont-là des choses dont on n'a pas le temps de s'occuper !

— Je crois, reprit Mathilde, que lorsqu'on vit dans le monde, on n'a pas le temps de faire grand chose. Madame Sinclair racontait aujourd'hui à madame de Beaufort que, depuis quinze jours, elle formait le projet d'écrire à sa mère sans qu'il lui fût possible de trouver une demi-heure pour exécuter son intention.

— Votre position, ma chère enfant, dit en souriant mademoiselle de Villepré, vous appellera sans doute un jour à *vivre dans le monde*, et cependant je me flatte que vous saurez toujours trouver du temps, surtout lorsqu'il s'agira de remplir un devoir. Il ne faut pour cela que savoir régler ce temps, tenir fermement à en dérober une partie aux exigences de ces sociétés mondaines qui voudraient nous arracher non-seulement nos journées, mais encore nos droits, et sans cependant éprouver aucune reconnaissance du sacrifice que nous leur ferions. Il faut ne pas négliger les bienséances, mais cependant leur préférer toujours les devoirs essentiels. Il faut savoir quitter le bal à une heure raisonnable, afin de ne pas rester au lit le lendemain jusqu'à midi, et de ne pas perdre ainsi la moitié de la journée. Il faut savoir rester chez soi, ne pas céder à ces désirs chimériques et perpétuels de courses, d'emplettes, de visites qui font qu'une femme, après avoir passé sa journée à des occupations futiles, se plaint et gémit de n'avoir *pas eu le temps* d'aller voir une mère ou une sœur malade, ou de s'occuper d'un détail important dans son intérieur. J'ai connu une mère insensée et aveugle qui chaque jour menait sa fille au bal, et rentrait à trois ou quatre heures du matin. La jeune personne se couchait et restait au lit jusqu'à quatre heures de l'après-midi. Alors elle se levait, faisait sa toilette et retournait au bal. Je crois bien que cette jeune fille n'avait pas le *temps* de s'occuper, mais ne pensez-vous pas qu'elle eût pu en trouver facilement si elle l'eût voulu ?

— Je me demande, dit mademoiselle de Beaulieu, à quel moment elle faisait sa prière du matin et du soir ?

— Vous avez raison, chère Mathilde ; quand le monde prend tant de place dans notre existence il en reste bien peu à donner à Dieu ; et quand Dieu est oublié, le reste de nos devoirs devient fort peu de chose à nos yeux. Alors on n'est plus préoccupé que de cet amour du luxe, de cette vanité qui fait qu'on veut briller en toute chose, éclipser les autres par l'élégance de ses toilettes, de ses ameublements ; et, pour satisfaire à ses folles dépenses, on compromet quelquefois jusqu'à l'avenir de ses en- fants, tandis qu'il ne reste jamais une obole pour venir en aide au pauvre qui meurt de faim. Alors on s'abonne sans scrupule à cette légèreté, à cette coquetterie que l'on qualifie *d'innocente*, qui met cependant le trouble et la discorde dans les familles, et attache un cachet de mé· pris et d'ignominie au front de la femme qui n'a eu sou- vent à se reprocher que de coupables apparences. Oui, tous ces malheurs, tous ces travers ne prennent leur source que dans une absence de sentiments religieux et d'amour de Dieu, et surtout dans l'ignorance des devoirs que la piété impose. Aussi, chère enfant, je ne crains pour vous aucun de ces dangers. Vous vivrez dans le monde sans doute, mais vous y vivrez pure, honorée, respectée, exempte de ses travers et de ses folies, parce que vous ne lui donnerez que ce qu'il faudra rigoureusement lui donner, sans que jamais ses prétendus plaisirs et ses fausses exigences puissent vous détourner des devoirs sérieux et réels .

Trois ans s'étaient écoulés depuis la première comm union de Mathilde, âgée alors de seize ans, et le général, ayant enfin terminé sa mission, devait, dans deux mois , se fixer définitivement à Paris. Mademoiselle de Beaulieu envisageait avec joie le moment qui lui rendrait le meilleur et le plus tendre des pères , et cependant une pensée d'amertume venait se mêler à son bonheur. En rentrant à l'hôtel de Beaulieu, il lui faudrait quitter Valérie, si bonne, si dévouée pour elle, Valérie que depuis dix ans elle voyait tous les jours, et qui avait consacré à son enfance tant de soins et tant de bontés. De son côté, mademoiselle de Villepré ne voyait pas sans un profond regret s'approcher le jour qui la séparerait de son élève, à laquelle elle s'était vivement attachée ; monsieur et madame de Villepré eux-mêmes partageaient ce sentiment, tant les qualités aimables et la filiale affection que leur témoignait Mathilde répandaient de joie dans leur intérieur. On se promettait bien de se voir souvent, le plus souvent possible, mais chacun sentait que les visites, quelque fréquentes qu'elles fussent, ne remplace-

raient que bien imparfaitement l'intimité de chaque jour
et de chaque moment.

Avant de quitter son institutrice, Mathilde désirait lui
offrir un souvenir, et après avoir longuement cherché ce
qui pourrait lui être le plus agréable, elle pensa ne pouvoir lui procurer de plus grand plaisir que de lui donner
son portrait. Elle mit madame de Villepré dans la confidence de ses projets, en lui recommandant toutefois le
plus profond secret à l'égard de Valérie, et madame de
Villepré se fit un plaisir de seconder les desseins de l'aimable enfant. Mathilde avait entendu recommander à
madame de Beaufort une dame peignant parfaitement la
miniature et ayant, en outre, grand besoin de son talent
pour soutenir ses enfants, et elle pria madame de Villepré de vouloir bien la conduire chez Aglaé, afin que sa
mère pût leur donner le nom et l'adresse de l'intéressante artiste.

Au moment où madame de Villepré et Mathilde arrivaient chez madame de Beaufort, les chevaux étaient mis,
et cette dame se disposait à sortir avec sa fille. En apprenant le motif de la visite qu'elle recevait, madame de
Beaufort proposa obligeamment à madame de Villepré et
à Mathilde de les conduire rue du Bac, où demeurait
madame Laurent, qu'elle ne connaissait pas, mais dont,
sous tous les rapports, on lui avait fait le plus grand
éloge.

— Je ne serai pas fâchée de cette occasion, ajouta-
t-elle, pour voir si ce que l'on m'a dit de son talent est
vrai ; je désire beaucoup avoir le portrait d'Aglaé, et je
serais charmée, en me procurant cette douce satisfaction,
de venir en même temps au secours d'une mère qui
n'a, dit-on, que son travail pour faire vivre ses enfants.

On arriva bientôt à l'adresse indiquée, et ayant reçu
l'assurance que madame Laurent était chez elle, ces
dames montèrent au sixième étage, où se trouvait l'appartement de la pauvre artiste. Elles frappèrent doucement à la porte. Un homme, jeune encore, mais pâle et
défait, se présenta pour l'ouvrir, et que l'on juge de la
stupéfaction de madame de Beaufort en reconnaissant en
lui M. Merville, dont la soirée avait été l'objet de tant de
jalousie et d'appréciations diverses.

Le premier mouvement de M. Merville fut de se jeter
brusquement en arrière ; mais madame de Beaufort,
qui avait toujours porté un sincère attachement à toute
cette famille, prévint sa retraite en lui saisissant la
main.

— Au nom du ciel, mon cher monsieur Merville, s'é-
cria-t-elle, expliquez-moi ce que tout cela signifie. Où
est votre femme ? comment vous trouvez-vous ici ? qu'est
devenu votre prétendu voyage en Angleterre ?

— Entrez, madame, dit alors M. Merville, nous vous

expliquerons tout, et nous n'aurons pas la faiblesse de rougir de notre infortune devant des amis.

Madame de Villepré et Mathilde voulurent alors se retirer, mais M. Merville insista tellement pour qu'elles ne se séparassent pas de madame de Beaufort qu'elles finirent par y consentir.

Madame Merville, que nous ne désignerons plus sous le nom emprunté de madame Laurent, était assise à son chevalet et terminait un portrait. En voyant entrer madame de Beaufort, les larmes lui vinrent aux yeux ; mais, faisant un effort pour surmonter son émotion, elle témoigna à son ancienne amie toute la joie qu'elle éprouvait à la revoir.

— Ne la trouvez-vous pas bien changée ? demanda M. Merville avec l'expression d'une profonde tristesse. Oh ! madame, si vous saviez ce que j'éprouve en voyant cette femme, habituée à toutes les aisances, à tous les agréments de la vie, obligée de travailler pour gagner son pain ! Nulle parole ne saurait exprimer la douleur que cette cruelle nécessité me cause !

— Madame Merville tourna vers son mari un regard affectueux :

— Ne vous tourmentez pas ainsi, mon ami, lui dit-elle, vous savez que la peinture est pour moi un délassement bien plus qu'une occupation fatigante.

En ce moment, le dernier des enfants de madame Mer-

Valérie. 9

ville, un petit garçon âgé de quatre ans, entra en courant
dans la chambre, et sans même s'apercevoir de la présence d'étrangers :

— Papa, maman, s'écria-t-il, savez-vous que c'est aujourd'hui ma fête, et que ce jour-là vous me donniez toujours un beau joujou? mais ma sœur dit que je n'en
aurai pas aujourd'hui parce que c'est trop cher. Et un
gâteau, papa, est-ce trop cher aussi?

Un profond silence suivit cette innocente réclamation,
et les larmes, que madame Merville avait retenues jusque-là, coulèrent le long de ses joues pâles. Son père,
attirant l'enfant sur ses genoux, l'embrassa tendrement,
puis lui dit d'une voix émue :

— Mon cher ange, nous ne célèbrerons jamais plus
de fêtes dans notre famille; mais comme tu as été bien
sage, prie ta sœur de sortir avec toi et de t'acheter une
brioche.

L'enfant frappa des mains joyeusement, et sortit de la
chambre en courant pour annoncer la bonne nouvelle à
sa sœur.

— Non, non, pauvre enfant! dit alors M. Merville, tes
parents ont trop cruellement expié le plaisir qu'ils trouvaient à célébrer les fêtes de leurs enfants! Ne savez-
vous pas, madame, continua-t-il, en se tournant vers
madame de Beaufort, que tous nos malheurs proviennent
de cette petite soirée que nous avons donnée pour la fête

de ma fille aînée, et à laquelle vous assistiez, il y a de cela un an ?

— Non, en vérité, je l'ignorais complètement, répondit madame de Beaufort avec une profonde anxiété, et jetant à la dérobée un regard sur Aglaé, dont le visage se couvrit d'une pâleur mortelle.

— Eh bien! madame, vous vous rappelez sans doute que j'étais alors employé dans une maison de banque. Ma position était convenable, mais l'avenir s'offrait à moi plus avantageux encore et plus brillant; j'avais la promesse d'obtenir incessamment un intérêt dans la maison. Le moment arrivé, je me présentai pour réclamer l'exécution de cette promesse. Quel ne fut pas mon étonnement de voir le banquier me répondre froidement que les renseignements qu'il avait recueillis sur mon compte le forçaient de changer d'avis, et qu'il lui serait impossible de m'accorder les avantages qu'il m'avait promis. Stupéfait et ne comprenant rien à son langage, je le pressai de s'expliquer, et il m'avoua enfin qu'il tenait de madame Sinclair que je donnais des fêtes magnifiques, des bals nombreux avec le meilleur orchestre de Paris et de splendides soupers ; que de pareilles dépenses dénotaient un goût de luxe et de prodigalités qui lui paraissait peu convenable dans ma position, et me remerciant de mes services, il me déclara que désormais ils ne pourraient plus lui être utiles.

9.

Je demeurai anéanti. En vain j'essayai de démontrer au banquier la fausseté des renseignements qu'il avait recueillis ; il me répondit avec un sang-froid imperturbable que madame Sinclair les tenait de bonne source, d'une personne qui avait assisté à *mon bal*, et qu'il ne lui connaissait aucun motif pour avoir trahi la vérité.

Confondu, attéré, j'allai annoncer à ma malheureuse femme la funeste nouvelle qui la laissait presque sans pain elle et ses enfants, car il ne nous restait que fort peu de chose pour vivre. Il nous fut impossible de découvrir la personne qui, par étourderie ou par méchanceté, nous faisait tant de mal. Ne voulant mettre personne dans la confidence de notre malheur, nous prétextâmes un voyage en Angleterre, et nous nous installâmes ici où ma femme fait des portraits. Je me donne des peines infinies pour obtenir un emploi quelconque sans pouvoir y parvenir, puisque le banquier, auquel je suis obligé d'adresser les personnes qui veulent prendre des informations sur mon compte, donne les renseignements les plus défavorables.

Mais qu'avez-vous, mademoiselle Aglaé, s'écria M. Merville en s'interrompant, tandis que la jeune fille, ne pouvant plus contenir sa douleur, sanglotait convulsivement.

— Oh ! ma chère madame Merville, s'écria t elle en se jetant aux genoux de la malheureuse femme, c'est moi,

moi qui suis la cause de tous les maux qui vous sont
arrivés ! Ce n'est pas par méchanceté, bien certainement
que j'ai agi ; je voulais seulement piquer la jalousie, la
vanité de madame Sinclair en louant l'élégance de votre
fête ; hélas ! comment pourrais-je jamais réparer le mal
que mon imprudence a causé !

Un silence pénible suivit ces paroles. Enfin madame
de Beaufort, le rompant, exprima de nouveau toute la
profondeur du repentir de sa fille. Madame Merville, attirant celle-ci vers elle, l'embrassa et lui dit :

— Consolez-vous, ma chère Aglaé, je ne vous en veux
pas, car je suis persuadée que vous n'aviez pas l'intention
de nous nuire.

— Oh ! non, répondit mademoiselle de Beaufort, mais
je n'en suis pas moins responsable de tous les malheurs
qui ont fondu sur vous.

Lorsque tout le monde fut un peu remis de la douloureuse émotion causée par tous ces incidents, madame de
Villepré exposa le motif de sa visite, et il fut décidé que
l'on commencerait dès le lendemain le portrait de Mathilde. Quelques instants après, craignant d'être indis-
crètes, ces dames se retirèrent.

Mathilde, en rentrant avec madame de Villepré, déclara
qu'il lui serait impossible de cacher à son institutrice un
événement qui l'avait aussi vivement impressionnée, et
qu'elle renoncerait, par conséquent, au projet de lui faire

une surprise de son portrait. En effet, elle ne fut pas plutôt arrivée chez elle qu'elle s'empressa de raconter à Valérie les suites déplorables de l'exagération d'Aglaé, et toutes deux s'étendirent longuement sur les inconvénients de cette funeste habitude. Mademoiselle de Villepré remercia tendrement sa jeune amie du cadeau qu'elle lui destinait et l'assura que rien n'aurait pu lui être plus agréable que ce portrait qui lui rappellerait sans cesse les jours qu'elles avaient passés ensemble.

Hâtons-nous d'ajouter que madame de Beaufort se donna des peines infinies pour améliorer la position de M. et madame Merville. Accompagnée de sa fille, elle se rendit chez madame Sinclair à laquelle Aglaé fit l'aveu des inexatitudes dont elle s'était rendue coupable relativement au bal de madame Merville; mais cette dame répondit froidement que cela ne la regardait en rien, et que d'ailleurs tous ces faits étaient passés depuis si longtemps qu'elle savait à peine de quoi on voulait lui parler. Indignées de son égoïsme, ces dames voulurent tenter de fléchir le banquier dont le témoignage pouvait être si important pour M. Merville; elles furent plus heureuses auprès de lui qu'elles ne l'avaient été auprès de madame Sinclair. Malheureusement il ne pouvait admettre M. Merville dans sa maison, toutes les places étant occupées; mais, touché de la douleur et du repentir d'Aglaé, qui n'hésita pas à avouer ses torts, il promit de le recommander chaudement à un de ses amis qu'il savait avoir besoin d'un caissier. Effectivement quelques jours après il écrivit à madame de Beaufort que tout était arrangé au gré de ses désirs, et que M. Merville pouvait venir quand il voudrait se présenter chez M. ***

— Je suis trop heureux, ajouta-t-il, de pouvoir, en quelque façon, réparer l'injustice dont je me suis rendu coupable à son égard.

Qu'on juge de la joie d'Aglaé en lisant cette lettre! Elle obtint sans peine de sa mère la permission de la porter sur-le-champ à madame Merville, qui retrouva, à dater de ce jour, la tranquillité et l'aisance.

— Ma chère enfant, disait madame de Beaufort à sa fille, je te crois maintenant à jamais corrigée du mensonge et de l'exagération, mais, pour en arriver là, quelle cruelle leçon il t'a fallu recevoir! Si tu m'en avais cru, si tu avais suivi mes conseils, que de chagrins tu te serais épargnés! Puisses-tu au moins avoir compris la nécessité de s'en rapporter à l'avenir aux avis de ta mère. Suivre les impressions de son esprit avant que l'expérience nous ait éclairées, c'est se préparer des leçons qui coûtent bien des larmes.

Les deux mois qui devaient encore s'écouler avant l'arrivée de M. de Beaulieu passèrent rapidement au milieu des préparatifs qui se faisaient pour le recevoir. Mademoiselle de Beaulieu, conduite par son institutrice, se

rendait fréquemment à l'hôtel de son père, où elle s'oc-
cupait avec une tendre sollicitude de tous les détails qui
pourraient ajouter au bien-être de ce père chéri. Et cependant sa joie n'était pas complète ; plus d'une fois des
larmes mouillaient ses yeux ; elle songeait alors que pour
habiter la jolie chambre qui lui était destinée, il lui faudrait se séparer de l'excellente famille de Villepré.

Enfin le général arriva, et nous n'essaierons pas de
décrire ses transports et ceux de sa fille. La pensée qu'ils
ne se quitteraient plus ajoutait encore à leur bonheur.
La première entrevue du père et de la fille avait eu lieu
à l'hôtel de Beaulieu ; on avait laissé Mathilde seule quelques moments avant l'heure fixée par le général pour
son retour. Lorsque l'émotion et la joie de M. de Beaulieu furent un peu calmées, il proposa à sa fille de venir
avec elle chez madame de Villepré, et celle-ci accepta
avec empressement une proposition qui répondait aux
plus chers désirs de son cœur. Pendant ce trajet, elle ne
cessa d'entretenir son père de toutes les bontés dont elle
avait été l'objet continuel, des qualités aimables de Valérie, de son dévouement pour ses parents.

— Tu regretteras beaucoup la société de mademoiselle
de Villepré, à ce que je vois, dit le général.

— Beaucoup, mon père, répondit sans hésiter Mathilde. J'espère que cet aveu ne vous offensera pas, car

vous savez combien je serai heureuse d'être avec vous, et de vous consacrer tous les instants de ma vie.

— Je suis loin de t'en vouloir, chère enfant ; je t'en loue, au contraire. Si tu pouvais quitter sans regret celle qui t'a si long-temps et si parfaitement tenu lieu de mère, j'augurerais mal du cœur qu'elle a formé.

— N'y aurait-il donc aucun moyen d'arranger les choses de façon à ce que la famille de Villepré vînt habiter avec nous, demanda Mathilde ? Je suis persuadée, mon bon père, que sa société serait pour vous une charmante récréation. Vous aimez M. de Villepré, et si une fois vous aviez pris l'habitude de la présence de mademoiselle Valérie, vous ne pourriez plus vivre sans elle.

On arrivait en ce moment rue du Cherche-Midi, où le général fut reçu avec la plus vive et la plus sincère émotion. Il paraissait lui-même profondément préoccupé ; enfin, au bout d'un quart-d'heure, il pria tout bas l'abbé Gerval, qui était venu embrasser son vieil ami, de sortir un moment avec lui. La conférence qu'ils eurent ensemble ne fut pas longue, et, en rentrant dans l'appartement, le front du digne abbé rayonnait de joie. Le général demeura quelques instants encore, puis il retourna à son hôtel, promettant de revenir le soir et de ramener Mathilde.

9..

X

UNE LETTRE. — PROPOSITION.

A peine le général eut-il quitté madame de Villepré, que l'abbé Gerval s'approcha d'elle et lui serrant affectueusement les mains :

J'ai de bonnes nouvelles à vous annoncer, dit-il.

Madame de Villepré, saisie par cet instinct que la nature a placé dans le cœur des mères, se dressa, joignit les mains ; une pâleur mortelle couvrit son visage :

— Mon fils ! s'écria-t-elle ; mon Edmond ! mon cher enfant !

Elle n'en put dire davantage ; les forces lui manquè-
rent, et elle tomba évanouie sur son siége.

Son mari et sa fille, quoique tremblant d'émotion eux-
mêmes, s'empressèrent autour d'elle, et elle ne tarda
pas à reprendre ses sens. Alors elle saisit d'une main
convulsive une lettre que lui présentait le bon abbé, et
à travers ses larmes, lut tout haut ce qui suit :

» Mon bon père, ma mère bien-aimée,

» Seize ans se sont écoulés depuis le moment funeste
où j'ai abandonné le toit paternel après avoir souillé par
un crime votre nom honorable et sans tache ; seize ans,
pendant lesquels j'ai laissé votre cœur en proie à l'inquiétude la plus affreuse, aux angoises les plus mortelles ; seize ans, pendant lesquels j'ai méconnu mes devoirs
les plus sacrés, résisté à la voix qui me criait au fond
de l'âme de revenir à vous ! Seize ans !... ô mon père !
ô ma mère ! pouvez-vous jamais me pardonner tout ce
que je vous ai fait souffrir

» Je ne veux pas entrer ici dans tous les détails de ma
longue carrière ; je me bornerai à un récit succint. Lorsque je quittai Paris, après avoir avec le fruit de mon
crime, soldé la dette honteuse que j'avais contractée, je
ne partis pas seul. Un des amis, hélas ! est-il possible
de profaner ainsi un titre aussi sacré ! celui-là même
qui, par ses conseils et ses funestes exemples, m'avait
entraîné dans l'abîme, réduit lui-même à une position

désespérée, fuyait avec moi. Il emportait quelque argent, et me défrayait de mes dépenses, me disant que
je lui rendrais ses avances lorsque j'aurais fait fortune
au jeu.

» Oh ! je n'étais guère capable de répondre à d'aussi
odieuses plaisanteries ! Bourrelé de honte, de remords,
de douleurs, je ne pouvais parvenir à surmonter la profonde mélancolie qui m'accablait. Je demeurais des
journées entières sans proférer une parole, livré aux plus
sombres réflexions, et abandonnant à mon compagnon
de voyage le soin de diriger notre route comme bon lui
semblerait. Je lui dois la justice de reconnaître qu'il
supporta avec la plus grande patience ma tristesse et ma
morosité.

» Emile (je ne le désignerai que par son nom de bap-
tême) n'était point un méchant homme, il ne manquait
même pas de certaines qualités, mais la légèreté de sa
tête, la frivolité de ses habitudes, l'entraînait dans une
voie bien éloignée de celle du devoir. Il riait de tout,
plaisantait sur tout, se moquait de tout, et prétendait ne
voir aucun mal dans l'existence qu'il menait. Cette conviction existait-elle bien réellement au fond de son âme,
ou bien ne l'exprimait-il que dans l'espoir de l'y enraci-
ner? J'ai toujours pensé pour cette dernière opinion,
car il régnait souvent dans les plaisanteries d'Emile une
amertume ironique et sauvage, qui ne partait pas d'un

cœur en paix avec lui-même. Doué d'ailleurs d'un esprit
vif et piquant, il me fascinait par le tour original de ses
idées, et se faisait redouter par la satire impitoyable
avec laquelle il poursuivait jusqu'aux choses les plus dignes de respect.

» Si je me suis ainsi laissé aller à parler un moment
d'Emile, c'est afin de vous faire connaître, au moins superficiellement, l'homme qui eut sur ma destinée une
si grande influence. Oh ! pourquoi s'est il rencontré sur
mon chemin ! sans lui je serais encore assis au foyer
paternel, entre vous et ma douce Valérie ! Sans lui, vos
yeux n'auraient pas versé des larmes amères sur votre
fils !

» Mais non, je me trompe. C'est ma lâcheté, c'est ma
faiblesse qu'il faut accuser de tous mes égarements, bien
plus que des conseils et des exemples auxquels j'aurais
dû savoir résister. Il fallait fuir la société d'Emile, puisque je sentais qu'elle me pervertissait, et qu'au contact
perpétuel d'un homme vicieux, j'arrivais à rougir de la
vertu et de l'innocence ! Imprudent que j'étais ! je me
jouais sans crainte au bord d'un précipice dont la pente
est aussi facile à descendre qu'elle est raide pour ne pas
dire impossible à remonter. Quand, pendant cette nuit
funeste, la dernière que je passai sous votre toit, je me-
surai du regard la profondeur de l'abîme où j'étais
tombé, l'énergie me manqua sur mes pas, je me dis qu'il

était trop tard, et que le parti auquel je m'arrêtais devenait inévitable.

» Ainsi que je vous le disais, mon compagnon supporta avec patience mon silence et ma tristesse; cependant au bout de quelques jours, ce rôle le fatigua, et il employa toutes les mesures de son esprit pour remonter mon courage. Il y parvint, car il faisait de moi ce qu'il voulait, grâce à l'ascendant que son caractère fort et absolu exerçait sur le mien, faible et irrésolu. Il m'engageait à oublier le passé.

» — L'avenir le réparera, disait-il. Quand vous aurez rendu à Sinval ses douze mille francs, intérêt et principal, vous reparaîtrez à Paris la tête haute, et je voudrais bien savoir qui oserait y trouver à redire?

» Cette assertion, toute erronnée qu'elle me paraissait, me plaisait, parce qu'elle répondait aux plus chers désirs de mon cœur.

» Nous arrivâmes ainsi à Baden-Baden. Emile ne cessait d'aiguillonner ma passion pour le jeu, par la description qu'il me faisait de tous les moyens que je trouverais de l'assouvir. Cette passion, déjà trop violente, hélas! à mon départ, était arrivée chez moi à un véritable degré de frénésie. Je m'obstinais à considérer le jeu comme le seul moyen qui me restât d'opérer une restitution qu'il me tardait de faire. La pensée de mon crime m'obsédait, me poursuivait partout, mais je dois avouer, à ma honte, que j'étais bien plus préoccupé de ce que cette action renfermait de déshonorant, d'infâme aux yeux des hommes, que touché de l'offense que j'avais commise envers celui en comparaison de qui les hommes ne sont rien ; depuis que le Seigneur m'a fait la grâce de répandre sa lumière sur mes yeux, j'ai pleuré aussi sur mes égarements ; mais quelle différence de ces larmes versées aux pieds d'un père tendre et miséricordieux, à ces larmes brûlantes arrachées par la crainte du jugement des hommes ! Les unes retombent comme un baume adoucissant sur le cœur qu'elles purifient et qu'elles relèvent, tandis que les autres le brûlent et le déchirent sans lui ramener l'innocence et la paix.

» Je ne fus pas plutôt arrivé à Baden que sans remarquer seulement la délicieuse position de ce lieu enchanteur, sans donner un regard à ces sombres et mystérieuses profondeurs de la Forêt-Noire, je me précipitai dans la salle de jeu. Au premier aspect, je fus épouvanté. Des figures blêmes et contractées entouraient la table, des monceaux d'or étaient entassés sur le tapis vert. On n'entendait d'autre bruit que les monosyllabes arrachées par la nécessité du jeu aux acteurs de cette scène lugubre, et le son métallique et sec du rateau qui entraînait avec lui la fortune, le bonheur, peut-être la vie de plus d'un des assistants. Mon cœur se serra. L'effroi que j'éprouvais provenait, sans doute, de ce que jusqu'à ce mo-

ment, je n'avais jamais entouré une table de jeu que le
soir, alors que les ombres vacillantes et incertaines des
lumières répandaient sur les assistants des lueurs dou-
teuses, et voilaient à demi leur physionomie et leurs regards. Mais là, en plein jour, le soleil dardait au-dehors
ses rayons éclatants, et semblait inviter la nature entière à la joie et au bonheur; les rires bruyants des
promeneurs, pénétrants à travers les fenêtes demi closes, provoquaient la gaîté sur tous les points de cette
riante vallée; tout à l'extérieur formait un contraste saisissant avec la morne angoisse, les sombres préoccupations qui se livraient au fond de chacun des membres de
cette sinistre assemblée. Mon cœur se glaça, et je sortis
pou r prendre l'air.

» Je ne tardai pas à rencontrer Emile. En me voyant si
pâle et si défait, il me demanda si j'avais déja été mal-
traité par la fortune. Je lui fis part de mes impressions;
il se mit à rire, de ce rire sardonique auquel cédaient
mes meilleures résolutions, et deux heures après, je faisais avec lui partie de cette réunion qui d'abord m'avait
si fort épouvanté. Dès-lors je ne vis plus rien de ce qui
se passait autour de moi; mes yeux fascinés ne quittaient
plus l'impassible rateau du banquier. Il m'importait peu
qu'à mes côtés un malheureux sacrifiât à une passion
insensée sa fortune, sa vie, son honneur peut-être ; tous
ces hommes qui m'entouraient, je les haïssais comme des

rivaux. Je gémissais de leurs succès, je me réjouissais
de leurs échecs, j'aurais souri à leur ruine.

» Non, je n'en finirais pas, si je voulais détailler tous
les sentiments criminels que cette funeste passion fit
naître et développa dans mon âme. Mon irritation et ma
frénésie croissaient chaque jour, car mes gains et mes
pertes se compensaient de telle façon qu'au bout de
deux ans je n'étais pas parvenu encore à m'acquitter envers Emile; et comme je lui avais promis de ne songer
à rembourser M. Sinval que lorsque je serais complètement libéré envers lui, le dépit de ne pas faire un pas
vers le seul but que je me proposais augmentait encore
mon ardeur pour le jeu. Souvent après avoir passé des
journées et des nuits entières, penché sur le fatal tapis,
et les yeux obstinément fixé sur un numéro, sur la rouge
ou sur la noire, passant par toutes les alternatives du
désespoir et d'une joie féroce, je rentrais chez moi sans
avoir gagné ni perdu. Alors je tombais dans un abattement complet, je me demandais ce que je faisais, ce qui
résulterait d'une vie aussi insensée, ou bien encore je
me couchais, et demeurais des heures entières en proie
à une affreuse insomnie, et si l'épuisement, la fatigue venait un instant fermer mes paupières, mon sommeil était
troublé par les hallucinations les plus étranges. Je revoyais
mon père, et ma mère, Valérie! Je les serrais dans mes
bras, mais tout à coup nous nous trouvions tous au bord

du tapis vert, et le banquier, avec son rateau, m'arrachait un à un tous ces objets si chers à mon cœur. Je poussais des cris affreux, mais le banquier n'y répondait que par des éclats de rire stridents, et je sentais, sans comprendre comment cela se faisait, que pour toujours vous étiez perdus pour moi.

» Oh ! pourquoi le jeune homme debout encore sur la pente qui mène à l'abîme, mais y ayant déjà posé le pied, pourquoi, avant de se hasarder plus avant, n'interroge-t-il pas ceux qui ont parcouru les sentiers du vice ! pourquoi refuse-t-il de les croire, lorsque leurs voix lui crient que ces sentiers qui paraissent ornés de fleurs sont parsemés d'épines déchirantes, et qu'on n'y peut faire un pas sans y laisser un lambeau de son bonheur ! Ah ! qu'il renonce à faire lui-même la triste expérience de la vérité de mes paroles ! Le jour où il serait convaincu, il ne pourrait plus ressaisir les trésors qu'aujourd'hui encore il tient en sa possession ! En acquérant l'expérience il aurait perdu pour jamais l'innocence et le bonheur !

» Tout-à-coup cependant, la fortune sembla me devenir plus favorable, et je me vis enfin en possession de ces douze mille francs que je désirais si long-temps et avec tant d'ardeur. Mais, chose étrange ! à peine cette somme se trouva-t-elle entre mes mains, que je renonçai au projet de l'envoyer à M. Sinval.

— Ne vaudrait-il pas mieux, disais-je à Emile, ris-
quer ces douze mille francs au jeu? Je suis en veine,
c'est le moment d'en profiter et de me créer une fortune.
Il ne me faut que quelques jours de bonheur pour amas-
ser deux cent mille francs; avec cela je vivrai tranquille
le reste de mes jours, et M. Sinval ne sera pas bien à
plaindre, pour attendre encore un ou deux mois.

» Emile m'encouragea dans ces funestes résolutions, et
je recommençai à jouer avec une nouvelle frénésie. Je fus
d'abord heureux, je gagnai quelques sommes assez considérables. Alors la vanité s'empara de moi. Il se trouvait à Baden, pendant le séjour des eaux, une foule de
jeunes gens fort riches, et menant une vie de luxe et de
dépenses; je voulus les imiter. J'achetai des chevaux,
des voitures, je louai un appartement splendide, je donnais des fêtes, et pendant ce temps peut-être, ô mon
père, ô ma mère, vous souffriez de la misère et de la
faim? J'avais pris la précaution de changer de nom, et je
n'ai d'ailleurs jamais rencontré aucune de nos ancien-
nes connaissances de Paris, quoiqu'il arrivât chaque
année beaucoup de monde à Baden. Je passai huit années en ce dernier lieu, voyageant pendant l'hiver et
revenant toujours par la saison des eaux; au bout de ce
temps nous quittâmes Baden, et explorâmes tous les en-
droits d'Allemagne, où se réunissaient des sociétés re-
nommées de joueurs.

» Pour ne pas vous faire languir, je vous dirai sur-le-
champ, que quatre ans après mon départ de Baden, je
reperdais de nouveau tout ce que j'avais précédemment
gagné, et j'étais réduit au plus affreux désespoir.

» Je retournai à Baden, espérant y réparer mes malheurs, et retomber alors dans ces alternatives de pertes
et de gains, dont j'ai déjà parlé. Emile, forcé de s'absen-
ter, me quitta à cette époque, et livré à moi-même, un
premier retour vers le bien prit naissance au fond de
mon cœur.

» On était au 15 d'août. Je sortis ce jour-là comme à
mon ordinaire, lorsque je fus accosté par une femme qui
me demanda l'aumône. Elle tenait entre ses bras un tout
petit enfant, tandis qu'une petite fille de six ans demeurait assise à ses pieds.

» Je lui donnai une pièce de monnaie, elle me fit force
remercîments, puis elle dit à sa fille :

— Marie, remercie donc ce bon Monsieur !

» Marie, ce nom bouleversa mon âme entière ! C'était le
nom de ma mère, et je me rappelai qu'en ce jour, autrefois, nous célébrions sa fête. Je me vis à ce temps où,
tout petit enfant, je lui apportais mes bouquets et mes
caresses ; alors elle me prenait sur ses genoux, me couvrait des plus tendres baisers, et me disait :

— Cher ange, en fêtant ta mère, n'oublie pas de prier

celle dont elle porte le nom, et qui est notre mère au ciel?

Madame de Villepré, accablée sous le poids de toutes les émotions qui l'agitaient depuis le commencement de cette lecture, ne put se contenir davantage, et éclata en sanglots. Son mari, sa fille et le digne abbé, mêlèrent leurs larmes aux siennes, puis, au bout de quelques moments, ce dernier prit la lettre des mains tremblantes de la pauvre mère, et en continua la lecture :

» Oh! magie des souvenirs d'enfance, qui pourra jamais te comprendre et t'expliquer! Combien de fois une circonstance aussi futile en apparence que celle que je viens de citer, a-t-elle bouleversé le coupable vieilli dans le vice! N'avais-je pas depuis de longues années oublié père, mère, famille? N'étais-je pas demeuré sourd aux avertissements de ma conscience; les cruelles douleurs que l'assouvissement des passions traînent à leur suite n'étaient elles pas demeurées sans pouvoir sur ma volonté? Que venait-il donc d'arriver pour ébranler cette volonté acharnée à la poursuite du mal, ce cœur affermi dans le vice! Marie! un seul mot, prononcé par une voix étrangère, avait suffi pour accomplir ce miracle, suffi pour réveiller au fond de mon âme un écho long-temps endormi, et répétant de douces paroles de pureté, d'innocence et de paix. O ma mère! c'est à vous, à vous et à cette divine Marie que tant de fois sans doute vous avez

imploré pour moi que j'ai dû le premier ébranlement,
le premier retour de mon cœur au bien !

» En quittant la mendiante, si j'eusse rencontré sur
ma route une église, certainement j'y serais entré, j'aurais prié, et l'œuvre de ma conversion eut peut-être été
immédiatement achevée. Mais cette consolation ne me fût
pas offerte. Je me sentais cependant un immense besoin
de recueillement et de solitude, et, au lieu de me diriger
vers la salle de jeu, comme j'en avais l'habitude, je pris
une route isolée et m'enfonçai dans la forêt. Là, en présence d'une nature mélancolique et grandiose, seul et
n'entendant autour de moi que ces bruits sans nom,
voix de la création qui louent le Créateur, je repassai
dans ma mémoire les années de ma vie, et je pleurai dans
l'amertume de mon cœur. Je demeurai long-temps ainsi
livré à mes pensées, incertain encore mais ébranlé, lorsque je fus réveillé en sursaut de l'abîme de mes réflexions
par des éclats de rire et des voix joyeuses, et presqu'aussitôt, je vis s'approcher une troupe de jeunes gens, compagnons habituels de mes folies.

— Tiens ! voilà Edmond ! s'écria l'un d'eux en m'a-
percevant. Eh ! mon cher, que faisiez-vous donc là, et
par quel hasard ne vous a-t-on pas aperçu aujourd'hui,
vous le plus fidèle des fidèles ?

» J'affectai un air dégagé et répondis que m'étant senti
souffrant, j'étais venu dans la forêt respirer l'air. Mais,

hélas ! il fallut me joindre à cette troupe de faux amis,
et, au contact de leurs propos insensés, de leur folle
ivresse, mes saintes et salutaires impressions ne tardèrent pas à s'évanouir. J'oubliai bientôt et ma mère et
Marie, et continuai à marcher dans la voie fatale où
j'étais entré.

» Enfin, il y a de cela six mois, le 7 septembre, je
n'oublierai jamais ce jour, je me trouvais au jeu. Possesseur d'un gain modique, j'allais me retirer, lorsque
mon attention fut arrêtée par une partie d'écarté qui se
jouait à un autre bout du salon. Cette partie devait être
fort intéressante, car de nombreux groupes entouraient
la table, et des paris s'ouvraient de tous côtés, pour l'un
ou pour l'autre des deux joueurs. Je m'approchai et
reconnus dans l'un des jeunes gens assis à la table un
de nos joueurs les plus acharnés ; les traits de l'autre
m'étaient complètement inconnus.

» Je demeurai d'abord, comme tous ceux qui entouraient la table, spectateur attentif mais indifférent ;
bientôt néanmoins mon intérêt fut vivement excité par
l'habileté des deux joueurs, et surtout par le bonheur
constant de l'un d'eux qui, gagnant partie sur partie,
entassait devant lui des monceaux d'or. Je portai mes
regards sur son adversaire, sur ce jeune étranger dont
j'ai parlé tout à l'heure, et l'aspect de sa physionomie
me serra le cœur. Il paraissait âgé de vingt ans à peine,

et ses yeux hagards, la pâleur livide de ses joues, la contraction de son front, le tremblement convulsif qui agitait ses lèvres, tous ces indices des passions, en un mot, formaient un contraste étrange avec l'expression de jeunesse et de candeur qui se répandait sur tous ses traits quand, par un caprice du sort, il lui était permis de reprendre un moment d'espérance. Malheureusement pour lui ces moments devenaient de plus en plus rares; il perdait des sommes énormes; l'émotion qu'il en ressentait lui faisait faire les fautes les plus grossières.

— Quitte ou double! cria-t-il enfin d'une voix rauque et étranglée par la fureur.

» Son adversaire s'inclina en signe de consentement. Une indicible angoisse s'était emparée de tous les assistants, nous retenions notre haleine; il semblait que notre sort dépendait de ce sinistre combat qui allait avoir lieu.

» Notre incertitude ne fut pas de longue durée. Roger, celui qui jusqu'alors avait toujours gagné, conserva sa bonne fortune, et au bout d'un moment se leva et quitta la table d'un air triomphant.

— Vous serez payé demain matin, monsieur, lui dit le jeune étranger avec un sourire.

» Oh! je n'oublierai jamais ce sourire! c'était le sourire de l'égarement et de la folie, et un moment je fus tenté de croire que le malheureux avait perdu la raison.

Je le regardai s'éloigner d'un œil inquiet, et ne pus m'empêcher de faire part de mes soupçons à un de mes camarades qui se trouvait à côté de moi.

— Bah ! me répondit-il avec insouciance, c'est un de ces drames comme il s'en joue tous les jours autour d'une table d'écarté. Le pauvre diable est sans doute ruiné, et n'a d'autre ressource que de se brûler la cervelle.

» L'épouvante que me causèrent ces paroles n'échappa point à mon interlocuteur.

— Eh ! qu'avez-vous, mon cher ? me dit il en riant. Je crois, en vérité, que vous devenez fou à votre tour. Allons, allons, remettez-vous, ce pauvre garçon n'est ni votre ami ni le mien, et nous ne sommes pas obligés de nous désoler de toutes les catastrophes qui arrivent en ce monde.

» Et me serrant la main, il sortit de l'air le plus dégagé.

» Je demeurai anéanti. Ces paroles : Il ne lui reste sans doute d'autre ressource que celle de se brûler la cervelle, retentissaient sans cesse à mes oreilles.

— Est-il bien possible, me disais-je à moi-même, qu'un pareil malheur soit au moment d'éclater ! Quoi ! dans quelques heures peut-être, ce pauvre jeune homme, que je viens de voir plein de force et de santé, ne sera plus qu'un cadavre inerte ! dans quelques heures il aura dit adieu pour jamais à une vie dont il n'avait entrevu que l'aurore! Et s'il est vrai qu'en quittant son enveloppe mortelle, son âme soit appelée à paraître devant un juge suprême, quel compte lui rendra-t-il d'années entières données à de faux et criminels plaisirs !

» Vous le voyez, mon père, ma mère, vous le voyez, déjà vos prières faisaient descendre en mon cœur des impressions salutaires et saintes. Vos larmes commençaient à trouver grâce devant le Tout-Puissant, et votre fils, jusque-là endurci dans le mal, tremblait à la pensée d'un jugement sans appel.

» Je demeurai quelques instants plongé dans les réflexions les plus douloureuses. Je ne savais que faire pour sauver ce malheureux jeune homme auquel je m'intéressais si vivement sans le connaître. Enfin, voyant l'heure s'avancer, et tremblant de lui voir exécuter le fatal projet que je lui supposais, je pris la résolution de le chercher, de le trouver, ce qui ne me paraissait pas difficile dans un moment où l'affluence des baigneurs commençait à décroître, et d'employer tous les raisonnements possibles pour l'arracher de la voie où il semblait s'être engagé.

— Il doit avoir une mère, une sœur, me disais-je, je parlerai en leur nom, et je suis sûr d'être écouté.

» Hélas ! j'arrivai trop tard ! Après avoir parcouru deux ou trois des premiers hôtels de Baden, je m'adressai à un quatrième dont le propriétaire m'était connu. Pen-

dant que ce brave homme répondait obligeamment à mes
questions, et cherchait si le signalement assez vague
que je lui donnais pouvait s'appliquer à quelqu'un des
habitants de sa maison, une violente détonation se fit
entendre à quelques pas de nous. Je poussai un cri terrible, mon sang se glaça dans mes veines, et je crus un
moment que j'allais perdre connaissance.

— Courez, dis-je à l'aubergiste, courez à la chambre
d'où provient cette détonation, je tremble qu'il ne soit
arrivé quelque malheur !

« Et je ne me trompais pas. Lorsqu'au bout de quelques minutes nous pénétrâmes dans la chambre où gisait
l'infortuné jeune homme, nous ne trouvâmes plus qu'un
cadavre. Il s'était tiré un coup de pistolet, la balle lui
avait traversé le cerveau ; sur une table auprès de lui il
avait laissé une lettre par laquelle il déclarait être le seul
auteur de sa mort, et en expliquait les déplorables causes.

« Je rentrai chez moi le cœur navré. La triste et pâle
figure de cet enfant, mort à la fleur de l'âge, victime
d'une passion insensée, demeurait toujours présente à
mes yeux. Livré aux réflexions les plus sombres, aux
douleurs les plus poignantes, je passai la nuit entière à
parcourir ma chambre en proie à une agitation fébrile.
Le ciel et l'enfer se disputaient mon cœur ; grâce à vous,
le ciel l'emporta.

— Oui, m'écriai-je enfin, je quitte pour jamais une vie criminelle et coupable ! Je renonce à des plaisirs qui renferment en leur sein des tourments effroyables et se terminent par une mort comme celle dont je viens d'être le témoin. O mon Dieu ! quelle leçon il m'a fallu pour sortir de l'abîme où je gisais depuis si longtemps ! mon père, ma mère, vous qui avez tant souffert, quelle ne sera pas votre joie quand vous apprendrez que votre fils vous est rendu !

» Et ma pensée se reportant sur ces êtres chéris qui entourèrent de tant de soins, de tant de bienfaits mon enfance et ma première jeunesse, des larmes vinrent enfin soulager mon cœur si douloureusement oppressé. Puis je me jetai à genoux et j'essayai de prier, mais je ne pus trouver que cette seule parole, d'ailleurs bien justement placée sur mes lèvres :

— Mon Dieu ! pardonnez-moi !

« Il fallait cependant prendre un parti. Connaissant ma faiblesse et la funeste irrésolution de mon caractère, je résolus de ne revoir aucun des compagnons de mes coupables plaisirs et de quitter Baden au point du jour. Je possédais heureusement quelque argent; je me dirigeai, en voyageant le plus économiquement possible, vers la France, vers ce cher pays où je vous avais laissés tristes et malheureux. Je ne vous peindrai pas ce que j'éprouvai en posant le pied sur mon sol natal; ce sont là des

émotions connues seulement de ceux qui ont subi l'a-
mertume et le poids de l'exil. Mais, par un prodige étrange, tandis qu'en partant de Baden, je n'aspirais qu'au
moment de vous revoir, de me jeter à vos pieds et d'implorer votre pardon, ce désir s'affaiblissait à mesure que
je voyais la distance qui nous séparait diminuer chaque
jour. Qu'étiez-vous devenus ? Vous retrouverais je ici-
bas? Le Seigneur, prenant en pitié vos souffrances, ne
vous aurait-il pas réunis en lui? Et, en supposant que
mes terreurs fussent mal fondées, comment me recevriez-
vous ? Ne rejetteriez-vous pas de votre présence le fils
ingrat et coupable, flétri peut-être de votre malédiction?
Ces perplexités, plus cruelles mille fois que je ne puis
vous les rendre, m'agitèrent si fortement que je tombai
malade en route, dans une petite ville située à quelques
lieues de Metz. J'étais à l'auberge mal soigné, lorsque le
général de Beaulieu passa à *** ; apprenant qu'il se
trouvait à l'hôtel un jeune homme seul et malade, il vint
généreusement m'offrir ses services, et me fit soigner
avec le plus chaleureux dévouement. Une fièvre cérébrale
se déclara et mit pendant plusieurs jours ma vie en danger; lorsque les premiers transports cessèrent et que je
revins à moi, après trois jours et trois nuits de délire
continuel, je vis aux côtés de mon lit le bon général et le
curé de l'endroit qui fixaient sur moi des regards rem-
plis de la plus affectueuse sollicitude. Je voulus parler,

on m'en empêcha; mais deux jours après, mes forces étant
un peu revenues, on céda au désir que j'avais témoigné
plusieurs fois déjà de demeurer seul avec le vénérable curé
qui, dès le premier abord, avait gagné toute ma confiance. Je sortis de l'entretien que nous eûmes ensemble con-
solé, fortifié et réconcilié avec ce Dieu que j'avais si long-
temps outragé et méconnu.

» Mon attachement pour le général s'accroissait chaque jour, et, ma confiance devenant entière, j'arrivai insensiblement à lui parler de vous, de mes anxiétés à votre
égard et de mon triste passé. Quelle ne fut pas ma surprise en apprenant les relations qui existaient entre vous
et lui ! Depuis ma maladie il connaissait ce secret, car,
pendant mon délire, il paraît que je vous nommai tous ;
et si M. de Beaulieu s'était jusque là abstenu de me parler de ma famille, ce n'était que dans la crainte de m'affliger ou de me faire du mal. Une fois le sujet entamé,
nous ne cessâmes plus de nous entretenir de vous, et ces
douces conversations contribuèrent certainement à hâter
ma convalescence. Oh ! que de larmes j'ai versées, que
d'amers remords ont traversé mon âme quand mon digne
bienfaiteur me parlait de votre amour pour moi ! quelle
confusion, quelle honte en comparant avec ma conduite
celle de ma noble et admirable sœur ! Aussitôt que je fus
entièrement rétabli, le général et moi nous partîmes pour
la Trappe, auprès de Mortagne. Je voulais y faire une

retraite de huit jours, et M. de Beaulieu, qui d'abord devait m'y laisser, ne put se soustraire aux saintes et salutaires impressions de cette pieuse solitude et se décida à y rester avec moi.

» La situation du monastère de la Trappe est des plus pittoresques. On y arrive par de petits chemins silencieux, ombragés et bordés de haies vives. Le monastère se compose de plusieurs bâtiments assez considérables dont l'un est destiné aux étrangers qui, comme nous, n'y font qu'un séjour passager. Le nombre de ces visiteurs est très-considérable, et parmi eux il en est plus d'un qui, venu pour un moment, n'a plus voulu quitter ce saint lieu. Et cependant la règle de la Trappe est d'une austérité effrayante ! Le travail, les veilles, les prières, des repas composés uniquement de légumes cuits à l'eau et au sel ; pour lit une paillasse posée sur une planche, qu'y a-t-il donc dans tout cela d'attrayant pour des hommes mondains et sensuels, habitués à chercher et à trouver partout leur confort et leurs aises ? Ah ! c'est qu'au milieu de ces pieux cénobites on respire comme une atmosphère de sainteté, c'est que la grâce parle à l'âme avec plus de force et de puissance sous les voûtes de cette chapelle silencieuse, témoin de tant de ferventes prières ! c'est qu'en présence de ces hommes qui ont renoncé à tout pour ne s'occuper que du service de Dieu, on ne peut s'empêcher de rougir de sa propre indifférence pour des intérêts si graves et si solennels. Aussi, comme je vous le disais tout à l'heure, malgré les austérités, malgré les mortifications de tout genre imposées par sa règle, la Trappe voit chaque année s'accroître le nombre de ses sectateurs.

Les Trappistes s'occupent de l'agriculture, et de tous côtés l'on vient admirer la beauté de leurs travaux et les améliorations qu'ils introduisent chaque année dans la culture. A la maison dont je vous parle et qui est la maison-mère, se trouve un médecin, faisant partie du nombre des pères, et dont la science et la charité attirent tous les habitants des environs.

Nous partageons depuis huit jours, autant qu'il est possible à notre faiblesse, les exercices et la règle des Trappistes. Pendant ce temps j'ai beaucoup pensé à vous, à mon avenir, au passé qu'il me faut réparer. Mon désir serait de demeurer ici, de consacrer au Seigneur la fin d'une vie dont le commencement fut si coupable, de m'appliquer à expier des torts qu'une miséricorde divine peut seule pardonner. Je vous demande pour cela votre autorisation : si ma résolution doit vous affliger, j'y renoncerai, trop heureux si vous voulez me permettre de vous donner le reste de mes jours. Mais, je l'avoue, je serai malheureux au contact d'un monde dans lequel je ne puis plus marcher le front levé. En supposant que mon déshonneur soit demeuré inconnu, le souvenir en vivra tou-

jours au fond de mon cœur, et il me semblera sans cesse
le lire dans les regards, dans les paroles d'une société
dont le mépris me flétrirait à jamais, si un incident venait à révéler mon passé. Ici, dans le silence de la solitude, dans la prière, dans le repentir, je retrouverai un
trésor que j'ai perdu depuis bien des années, la paix du
cœur. Au crime il faut l'expiation, et plus le crime a été
grand, plus grande aussi l'expiation doit-elle être; la
voie de la pénitence est, la seule où l'on trouve le bonheur quand, par malheur, on a perdu l'innocence. Veuillez donc, chers parents, prononcer sur ma destinée, et si
vous m'envoyez le consentement que je désire, ma reconnaissance pour ce bienfait ne connaîtra point de bornes.

» Je n'accompagne pas à Paris le général, qui part demain. Je lui remets cette lettre, et je compte sur votre
tendresse pour me permettre de venir me jeter à vos
pieds avant de commencer mon noviciat. Oh ! avec
quelle impatience je vais attendre votre réponse ! quand
je verrai votre écriture chérie, quelle émotion remplira
mon cœur ! Que le Seigneur m'accorde une fois encore
la joie de votre présence, après je pourrai mourir !

Nos lecteurs nous pardonneront si nous ne nous éten-
dons pas sur la description de tous les sentiments que la
lettre d'Edmond fit naître au cœur de cette famille, qui re-
trouvait enfin l'enfant pleuré depuis si longtemps. Il est

de ces émotions si saintes et si sacrées que la plume doit
renoncer à les peindre, et celles qu'éprouvaient alors
M. et madame de Villepré, étaient de ce nombre. Ils
remerciaient le Seigneur, ils relisaient cent fois leur lettre, trésor inestimable et précieux, et oubliaient, dans
leur immense joie, seize années des plus cruelles douleurs.

Lorsque les premiers transports, les premières larmes
furent un peu calmés, on envoya chercher le général de
Beaulieu ; on avait hâte de le remercier de tous ses soins
pour Edmond, hâte d'entendre parler de ce fils chéri par
celui qui venait de le quitter la veille. M. de Beaulieu
s'empressa de se rendre à l'invitation qui lui fut faite, mais
pensant que, dans les premiers moments, la présence de Mathilde serait importune, il la laissa à l'hôtel, en lui promettant de venir la prendre dans une heure.

Lorsque M. de Beaulieu entra chez ses amis, M. et
madame de Villepré le reçurent dans leurs bras, et le tin-
rent longtemps embrassé sans pouvoir exprimer autrement que par des sanglots leur joie et leur reconnaissance. Au bout de quelques moments cependant M. de Villepré, prenant la parole, lui parla de sa profonde gratitude.

— Vous ne me devez rien, reprit alors M. de Beaulieu ;
si j'ai pu rendre à Edmond quelques services, quelques
soins, j'en ai reçu déjà une ample récompense. De-

puis que j'ai voyagé avec votre fils, que j'ai parcouru
avec lui le saint asile où il espère finir ses jours, mes
yeux, depuis si longtemps fermés, se sont enfin ouverts à la plus douce et la plus précieuse de toutes les
lumières.

Ces quelques paroles furent pour la famille un nouveau sujet de joie. M. de Beaulieu parla longuement d'Edmond.

— C'est un noble cœur, dit-il, et qui a pour jamais
rompu avec le passé.

Puis on agita la question de savoir quand et comment
on reverrait Edmond. Sa mère voulant lui écrire dès le
lendemain :

— Conseillez-nous, dit-elle au général, car nous
sommes si émus, si troublés, que nous ne savons, en
vérité, quel parti prendre.

— Si vous m'en croyez, Madame, repartit M. de
Beaulieu, vous ne ferez pas venir Edmond à Paris. Ce
serait un cruel chagrin pour lui de revoir des lieux té-
moins de ses fautes, et de rencontrer peut-être M. Linval
qui, tout en n'ayant plus rien à lui réclamer, ne lui épar-
gnerait probablement pas une parole ou un regard de
mépris. Voici donc le plan que je vous propose. Partez
pour Mortagne, c'est une jolie petite ville, située à quatre lieues de la trappe. Edmond viendra vous y rejoindre,
vous causerez ensemble, vous jouirez du bonheur de

vous revoir sans crainte et sans trouble, vous approfondirez sa situation, et vous déciderez conjointement avec lui de son avenir.

— Votre avis est excellent, mon cher général, répondit M. de Villepré, et nous partirons après demain.

— Oh ! oui, s'écria madame de Villepré, partons le plus tôt possible ! Il y a si longtemps que je n'ai vu mon cher enfant !

Puis prenant la main du général :

— Pensez-vous, lui demanda-t-elle en le regardant sérieusement, qu'Edmond persiste dans son projet d'entrer à la trappe ?

— Je le crois, répondit-il, et je ne saurais l'en blâmer. Qu'en pensez-vous, madame ?

— Mon cœur, dit madame de Villepré avec émotion, voudrait condamner l'exécution de ce projet, mais ma raison, hélas ! tient un langage contraire. Quoiqu'il en soit, ni mon mari ni moi nous ne nous opposerons aux désirs de notre fils; quand c'est Dieu qui nous le demande, pourrions-nous le lui refuser.

Le général ne put répondre qu'en pressant silencieusement la main de la sainte et courageuse femme.

Le départ fut fixé au lendemain, et Mathilde, tout en prenant une part sincère à la joie de Valérie, ne put cacher son chagrin en apprenant qu'elle allait être séparée pour un mois, pour six semaines peut-être de celle qui,

si longtemps, avait été pour elle une tendre mère. Après
avoir conduit ses amis à la diligence, le général et sa fille
revinrent ensemble à l'hôtel en causant du bonheur qui
attendait toute la famille Villepré.

— C'est un bonheur bien mérité, disait la jeune personne, car vous ne sauriez croire, mon bon père, à
quel point mademoiselle de Villepré est aimable et bonne. On ne saurait la connaître sans l'aimer, et lorsqu'on
a vécu avec elle, on ne peut plus oublier le charme de
sa société.

— Je le crois comme toi, ma chère enfant, lui répondit son père ; bien souvent, pendant mon long exil, j'ai
regretté les bonnes soirées passées avec toi dans l'intimité de la famille de Villepré. Je me rappelais la conversation utile et instructive de mon vieil ami, la douce résignation de sa femme, le dévouement, le charmant caractère de leur fille, et mon cœur se serrait en pensant à
l'éloignement qui me séparait de vous tous.

— Quand mademoiselle Valérie sera revenue, reprit
Mathilde, nous retrouverons ces bons moments, dont
vous me parlez, n'est-il pas vrai, mon père ?

— Ils ne pourront plus revenir aussi fréquemment que
par le passé, répliqua le général : d'abord parce que tu
n'habiteras plus sous le même toit de madame de Villepré, ensuite parce qu'il faudra bien te conduire un peu
dans le monde. J'avoue néanmoins que cette perspective

m'effraie beaucoup, puisque tu n'auras pas auprès de toi une amie sage et expérimentée pour te conseiller et te guider.

— Mademoiselle Valérie ne pourrait-elle donc venir avec nous ? demanda Mathilde.

— Non, mon enfant, c'est là une chose à laquelle les convenances s'opposent entièrement.

— Alors, mon père, je renonce à aller dans le monde. Je comprends parfaitement tous les inconvénients qui peuvent en résulter pour une jeune fille sans expérience, et isolée au milieu de la foule. Je passerai mes soirées avec vous, et je ferai tous mes efforts pour vous les rendre agréables ; cependant je sens que je demeurerai toujours bien au-dessous ds mademoiselle Valérie. N'y aurait-il donc aucun moyen de nous réunir à elle ?

— Il y en aurait un auquel j'ai souvent songé depuis mon dernier départ de Paris, répondit le général. Si mademoiselle Valérie consentait à devenir ma femme, son père et sa mère voudraient bien peut-être habiter l'hôtel avec elle, et ainsi nous serions tous réunis. Mais avant de faire une démarche auprès de la famille de Villepré, je voudrais être certain, mon enfant, que ce projet, s'il se réalisait, ne t'affligeât en aucune façon.

— Moi, mon père, s'écria la jeune fille, mais bien loin de m'affliger il comblerait les plus chers désirs de mon cœur. Je serais bien coupable si je ne me réjouissais pas

de voir auprès de vous une femme comme ma chère institutrice, qui sera pour vous l'amie la plus dévouée, et
consacrera à votre bonheur tous les instants de sa vie ! Et
mademoiselle Valérie aussi sera heureuse, j'en suis persuadée, et ses parents qui vous aiment tant, quelle ne
sera pas leur joie ! Oh ! quelle bonne pensée vous avez là,
mon pére, et que je vous remercie de m'en avoir fait
part.

— Je t'ai donné là une grande preuve de confiance, ma
chère fille, j'espère que tu la justifieras et que tu atten-
dras mon autorisation pour parler de mon projet à qui
que ce soit. J'ignore d'ailleurs complètement si mes intentions seront approuvées par la famille de Villepré.

— Comptez sur ma discrétion, mon bon père, elle sera entière et complète. Quant à moi, je ne saurais douter de l'accueil qui sera fait à votre proposition ; quelle
femme ne serait fière de porter votre nom !

Le général sourit et embrassa Mathilde, qui se coucha
le cœur joyeux, et après avoir ardemment prié le Seigneur
de bénir ses espérances.

Une correspondance active s'établit entre Valérie et son
élève ; les lettres de la première ne parlaient que de son
bonheur et de celui de ses parents d'avoir enfin retrouvé
Edmond, et Edmond revenu de ses erreurs ; quant à Mathilde, fidèle à sa promesse, il ne lui échappa pas la moindre allusion au secret de son père ; elle ne laissa pas mê-

me soupçonner ce qui parait si important aux yeux d'une
jeune fille : *qu'elle avait un secret.*

Au bout de six semaines, qui parurent un siècle à mademoiselle de Beaulieu, une lettre de madame de Villepré
au général annonça le retour de la famille entière. M. de
Beaulieu s'empressa d'appeler sa fille et lut tout haut ce
qui suit :

« Mon cher et digne ami,

Les jours de joie s'écoulent rapidement en ce monde,
et après en avoir passé de bien délicieux auprès de mon
cher enfant, voici qu'il me va falloir le quitter, et le quitter pour toujours peut-être. Ainsi que vous l'aviez prévu,
Edmond persiste dans ses projets d'entrer à la Trappe, et
pour bien des motifs, nous ne saurions l'en détourner.
Ces motifs, vous les connaissez, vous les appréciez, il est
donc inutile de vous en parler plus longuement. Mon
cœur est déchiré; je ne saurais envisager sans effroi ni
une nouvelle séparation de mon fils, ni la vie austère et
pénitente qui sera désormais son partage. Et cependant
quelle différence entre cette douleur et celle que j'éprouvais alors que je le savais marchant dans une voie coupable. Au milieu de mon angoisse, mon cœur surabonde des
consolations divines. C'est pour le donner à Dieu que je
renonce à mon fils. Si sa carrière est pénible et dure à
parcourir, au moins sais-je qu'une couronne de gloire

l'attend au terme. Aussi je ne veux pas me plaindre, je veux bénir plutôt celui qui châtie, mais aussi qui pardonne ; je veux oublier les quelques années qui me restent encore à passer sur la terre, séparée de mon fils, pour ne penser qu'à cette éternité où nous serons à jamais réunis.

» C'est dans huit jours qu'Edmond rentre à la Trappe, et le lendemain nous repartirons pour Paris. L'avenir est sérieux et tranquille devant nous, une confiante résignation remplira notre vie, et nous trouverons au terme la miséricorde divine qui nous recevra dans son sein.

» Pour vous, noble et cher ami, qui nous avez apporté la bonne nouvelle, soyez à jamais béni de toute l'affection et la sollicitude dont vous entourâtes notre Edmond. Embrassez pour nous cette chère Mathilde, qui est bien un peu notre fille, et dont les soins et la tendresse ont répandu tant de charmes sur nos dernières années.

Ainsi que cette lettre l'annonçait, la famille de Villepré arriva huit jours après sa réception. On s'attendait à trouver le général et Mathilde à la diligence ou tout au moins rue du Cherche-Midi ; mais la journée s'écoula sans que personne parût, et M. de Villepré, un peu inquiet, se disposait à se rendre à l'hôtel, lorsque le valet de chambre de M. de Beaulieu apporta une lettre de son maître pour Valérie, qui s'empressa de l'ouvrir, et lut ce qui suit :

« Mademoiselle,

» Qu'avez-vous dû penser en ne nous voyant pas accourir au-devant de vous après deux mois d'absence, et dans un moment où, venant d'accomplir un douloureux sacrifice, vous songiez sans doute que l'appui de l'amitié serait pour nous une consolation. Peut-être avez-vous accusé le cœur d'un ami, le cœur d'une élève qui, si elle savait être ingrate, aurait bien mal répondu aux soins que vous lui avez donnés. Ah ! s'il en est ainsi, détrompez-vous, Mademoiselle, et laissez-moi vous dire le motif qui m'a empêché de me rendre auprès de vous, auprès de vos chers parents, avant de vous avoir adressé cette lettre.

» Je vous dois, Mademoiselle, le plus grand bonheur de ma vie. J'avais remis entre vos mains une enfant dont le fâcheux caractère, la déplorable éducation me présageaient un avenir rempli de trouble et d'inquiétudes ; vous m'avez rendu une fille charmante dont le cœur, l'esprit et les talents sont également développés, et qui fait la joie et l'orgueil de son père. Pendant quelques années elles sera ma compagne, elle charmera mes vieux jours, mais il n'en pourra toujours être ainsi. Je la marierai, je lui chercherai un époux digne d'elle, et alors je resterai seul. Car il se peut que le mari de ma fille l'emmène loin de moi, et même, en supposant qu'il en fût autrement, les soins exigés par une nouvelle famille absorberont bien des moments qui auparavant m'étaient consacrés. Et cependant je me fais vieux, je crains la solitude, j'ai besoin d'une compagne sérieuse, douce et raisonnable, d'une amie à laquelle je puisse parler avec confiance, qui me comprenne et sympathise avec moi? Charmer les derniers jours d'un vieillard, adoucir ses souffrances par les soins d'une ingénieuse tendresse, être pour lui son affection dernière et suprême, voilà mademoiselle, la mission que j'ose vous proposer. Votre cœur généreux et dévoué y trouvera peut être quelque charme, et, si ma voix n'avait pas la puissance de la persuasion, peut-être ne demeurerez-vous pas insensible aux prières de l'enfant que vous avez élevée et qui vous conjure instamment de la nommer sa fille. Répondez-moi avec sincérité, ne craignez pas de blesser un homme qui, je le répète, dans quelques années sera un vieillard. Mais si vous ne me refusez pas, si l'avenir que je vous propose ne vous inspire pas d'effroi, si vous consentez à vous asseoir à mon foyer avec vos dignes et chers parents, oh! alors, soyez bénie! bénie comme la lumière qui vient, dans les ténèbres, guider les pas du voyageur solitaire et attardé, bénie comme le rayon du soleil qui réchauffe et vivifie une froide journée d'hiver.

Un profond silence suivit la lecture de cette lettre; chacun se sentait trop ému pour pouvoir parler. M. et madame de Villepré accueillaient avec bonheur la proposition du général. Quoiqu'il parlât de lui comme d'un vieillard, rien, pas même son âge n'autorisait cette dénomination. Agé de cinquante-quatre ans à peine, il jouissait d'une excellente santé, et sa constitution saine, ses habitudes régulières, lui promettaient encore de longues années de vie et de santé. Aussi madame de Villepré prenant la parole :

— Que penses-tu de cette lettre, chère enfant ? demanda-t-elle à sa fille.

— Qu'en pensez-vous vous-même, ma bonne mère ? répliqua Valérie.

— Après toutes les preuves de tendresse et de dévouement que tu nous a données, répondit madame de Villepré avec émotion, ce serait une consolation pour nous, chère enfant, de te voir aussi heureuse que tu le mérites, car, sous tous les rapports, la femme de M. de Beaulieu sera heureuse ; je le connais assez pour n'en pouvoir douter.

— Et vous ne me quitteriez pas ?

— Jamais, mon enfant, dit à son tour M. de Villepré. Nous ne pourrions vivre sans toi, et d'ailleurs, en refusant de te suivre, ce serait t'obliger à demeurer auprès de nous, n'est-il pas vrai ?

— Vous ne vous trompez pas, mon bon père ; mais la lettre de M. de Beaulieu exige une réponse, et je me sens si troublée que je ne saurais prendre un parti en ce moment. Ne pourrais-je attendre à demain matin?

— Si, si, mon enfant, se hâta de dire madame de Villepré, et elle écrivit quelques mots affectueux au général en lui promettant pour le lendemain la réponse de sa fille, dont le consentement, disait-elle, comblerait ses plus chers désirs.

Valérie se retira chez elle alors, et, dans le recueillement et la prière, elle réfléchit devant Dieu au parti qu'elle devait embrasser. Peut-être lui eût-il semblé plus doux de continuer le genre de vie qui jusqu'alors avait été son partage, et de se vouer tout entière à Dieu et à ses parents. Mais, d'un autre côté, ces parents dont, avant toutes choses en ce monde, elle voulait le bonheur, seraient si joyeux du mariage de leur fille ! Ils aimaient M. de Beaulieu, dont la société serait pour eux une société agréable. M. de Villepré, âgé et fatigué par les souffrances, pourrait renoncer à la place qu'il avait conservée jusque-là, et qui devenait de plus en plus assujettissante ; une existence douce et facile deviendrait à jamais son partage, et, dans la joie de cet événement, s'adoucirait peut-être le cruel sacrifice que madame de Villepré venait d'accomplir. Quant à ses propres sentiments envers M. de Beaulieu, Valérie, en descendant au fond de son cœur, y trouva une profonde estime, une sincère reconnaissance, un sérieux intérêt, tous les éléments enfin d'une solide et vive affection. Aussi, après avoir prié du fond de l'âme le Seigneur de l'éclairer, elle écrivit ces quelques mots, qu'elle remit le lendemain à sa mère pour les faire porter à l'hôtel de Beaulieu :

— Amenez-moi *ma fille*, et laissez-moi lui dire que tous mes jours sont consacrés à votre bonheur et au sien.

Madame de Beaulieu tint les promesses de mademoiselle de Villepré. La naissance d'un fils, un an après son mariage, n'altéra en rien sa tendresse et son affection pour Mathilde. Parfois, assise dans le vaste salon de l'hôtel, entre son père, sa mère et son mari, elle contemplait Mathilde, tenant sur ses genoux le petit Edouard, et vantant avec orgueil ses progrès et ses espiègleries, tandis que son père et ses grands parents renchérissaient à l'envi sur les éloges que la jeune fille prodiguait à l'enfant. En présence de ce tableau simple et touchant, de ce bonheur écrit sur tous les fronts, et dû à sa noble et courageuse conduite, une douce émotion s'emparait de Valérie. Remerciant Dieu, elle se recueillait au fond de son âme, et il lui semblait entendre une voix qui murmurait des paroles de bénédiction sur celle dont la vie entière avait été consacrée à l'accomplissement des devoirs de l'amour filial.

LIMOGES. — IMPRIMERIE BARBOU FRÈRES.

.

www.ingramcontent.com/pod-product-compliance
Lightning Source LLC
Chambersburg PA
CBHW061446030726
47503CB00005B/1596